ABAIXO
A VIDA
DURA

Abaixo a Vida Dura

Copyright © 2023 Faria e Silva.

Faria e Silva é uma empresa do Grupo Editorial Alta Books (STARLIN ALTA EDITORA E CONSULTORIA LTDA).

Copyright © 2023 by Cadão Volpato.

ISBN: 978-65-6025-034-5

Impresso no Brasil — 1ª Edição, 2023 — Edição revisada conforme o Acordo Ortográfico da Língua Portuguesa de 2009.

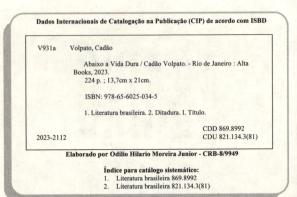

Dados Internacionais de Catalogação na Publicação (CIP) de acordo com ISBD

V931a   Volpato, Cadão

Abaixo a Vida Dura / Cadão Volpato. - Rio de Janeiro : Alta Books, 2023.
224 p. ; 13,7cm x 21cm.

ISBN: 978-65-6025-034-5

1. Literatura brasileira. 2. Ditadura. I. Título.

2023-2112   CDD 869.8992
                   CDU 821.134.3(81)

Elaborado por Odilio Hilario Moreira Junior - CRB-8/9949

Índice para catálogo sistemático:
1. Literatura brasileira 869.8992
2. Literatura brasileira 821.134.3(81)

Todos os direitos estão reservados e protegidos por Lei. Nenhuma parte deste livro, sem autorização prévia por escrito da editora, poderá ser reproduzida ou transmitida.

A violação dos Direitos Autorais é crime estabelecido na Lei nº 9.610/98 e com punição de acordo com o artigo 184 do Código Penal.

O conteúdo desta obra fora formulado exclusivamente pelo(s) autor(es).

Marcas Registradas: Todos os termos mencionados e reconhecidos como Marca Registrada e/ou Comercial são de responsabilidade de seus proprietários. A editora informa não estar associada a nenhum produto e/ou fornecedor apresentado no livro.

Material de apoio e erratas: Se parte integrante da obra e/ou por real necessidade, no site da editora o leitor encontrará os materiais de apoio (download), errata e/ou quaisquer outros conteúdos aplicáveis a obra. Acesse o site www.altabooks.com.br e procure pelo título do livro desejado para ter acesso ao conteúdo..

Suporte Técnico: A obra é comercializada na forma em que está, sem direito a suporte técnico ou orientação pessoal/exclusiva ao leitor.

A editora não se responsabiliza pela manutenção, atualização e idioma dos sites, programas, materiais complementares ou similares referidos pelos autores nesta obra.

Faria e Silva é uma Editora do Grupo Editorial Alta Books

Produção Editorial: Grupo Editorial Alta Books
Diretor Editorial: Anderson Vieira
Editor da Obra: Rodrigo Faria e Silva
Vendas Governamentais: Cristiane Mutüs
Gerência Comercial: Claudio Lima
Gerência Marketing: Andréa Guatiello

Assistente Editorial: Milena Soares
Revisão: Alessandro Thomé; Andresa Vilchenski
Diagramação: Natalia Curupana
Capa: Marcelli Ferreira; Beatriz Frohe
Ilustração de Capa: Cadão Volpato

Rua Viúva Cláudio, 291 — Bairro Industrial do Jacaré
CEP: 20.970-031 — Rio de Janeiro (RJ)
Tels.: (21) 3278-8069 / 3278-8419
www.altabooks.com.br — altabooks@altabooks.com.br
Ouvidoria: ouvidoria@altabooks.com.br

Editora afiliada à:

CADÃO VOLPATO

ABAIXO A VIDA DURA

FARIAESILVA

Rio de Janeiro, 2023

LIBERDADE E LUTA foi uma tendência estudantil dos anos 1970 ligada à OSI, Organização Socialista Internacionalista, e, por consequência, às ideias revolucionárias de Leon Trótski e sua IV Internacional. O nome teria saído de uma frase de Spinoza: "Só há liberdade quando se luta pela liberdade." A organização era chamada de Libelu por seus detratores e foi a primeira a defender a palavra de ordem "Abaixo a ditadura" na volta dos estudantes para a rua, em 1977. Seus militantes eram, por extensão, os "libelus". Nem todos os libelus, porém, foram militantes da OSI e da IV Internacional ou usaram nomes de guerra para se proteger da polícia da ditadura, como era obrigatório nas organizações clandestinas.

O INSTANTE

Na fotografia, eles estão rindo enquanto caminham, da esquerda para a direita, em fila indiana.

Passam em frente às grades de um portão. Vê-se ao fundo uma rampa e um policial lá no alto.

Que lugar seria aquele?

Talvez o prédio da FAU, ou poderia ser o da faculdade de história.

Pelas roupas, pelos cabelos, é a USP no tempo da ditadura. Disso tenho certeza. Conheci aquelas pessoas.

Do que estariam rindo?

Uma das meninas é Nice, e vai de mãos dadas com Max. Ela estudava na ECA. Ele estudava na FAU.

O cara alto e magro, de bigode, é Aldo. Algumas pessoas o chamavam de Bigode.

O de cabelo *black power* imenso é Hilton.

A menina linda de cabelos pretos, ainda mais pretos na foto em preto e branco, é Anna Lupo. À frente dela vem alguém calçando mocassins, parece um bicão; depois dele, Luiz, nosso Buda.

Por último, um sujeito feio, com um jornal enfiado no bolso traseiro. Só o cabelo dele é bonito, poderia ser o de um poeta simbolista. É Ivan, um libelu.

Para onde vão?

Há uma faixa ao fundo, com poucas letras visíveis. Mas dá para apostar que saiu de um rolo de papel cor-de-rosa. Eram quase todas assim, faixas com palavras de ordem que foram pintadas no chão salpicado de tinta de algum centro acadêmico perdido no *campus*.

O que estaria escrito naquela faixa? *Abaixo a Ditadura* ou *Pelas Liberdades Democráticas*?

Que Aldo estivesse ali, não fazia muito sentido. Ele era um militante do movimento operário que acordava todo dia antes do nascer do sol para bater ponto numa fábrica. Fez ciências sociais por um tempo, mas acabou virando um anfíbio do PC do B que morava numa república de estudantes (com Luiz, Nice e Max).

Deve ter sido por camaradagem.

Anna Lupo era da minha classe na ECA. Na lista de presença, Anna Lupo Silva. Seu corpo bonito, seu porte altivo, o jeito de andar tão veloz que não consigo descrever, mas que parecia arrastar a paisagem com ela, os olhos escuros irradiando alegria e fome de viver. Sua família era dona de uma cantina conhecida. Ela também era uma libelu.

Um amigo me enviou a fotografia pelo celular, perguntando: "Você se lembra? Onde você estava? Por que não estava lá?".

E eu, que na época era só um menino caipira recém-saído da escola pública, mera testemunha ocular da história, tive inveja daquele instante.

A CASA E
A ÁRVORE

Era como uma casa no campo, nos fundos do Butantã. Um burro costumava pastar mansamente às margens do córrego que acompanhava a rua de terra onde ela ficava, e uma densa neblina descia em certas manhãs de inverno. Era chamada de Casa da Árvore pela vizinhança, porque uma grande figueira fazia sombra sobre ela.

A vida dos moradores transcorria debaixo dessa sombra. As conversas costumavam começar ou terminar lá fora, e com "lá fora" queria dizer *debaixo da figueira*. Era uma frase que dava calafrios em Nice, porque, ao ouvi-la, ela sempre se lembrava da fábula da menina que foi enterrada debaixo de uma figueira pela madrasta má.

Aldo ocupava o primeiro quarto da casa. Alto e magro, quando deitava no colchão de solteiro estendido direto sobre o chão, seus pés ficavam de fora. Tinha um armário, com poucas roupas penduradas em cabides de arame, uma cadeira com assento de palha e uma escrivaninha, tudo comprado de segunda mão no Hospital do Câncer.

No quarto ao lado, Max e Nice dormiam abraçados em uma cama com colchão de molas. Veio da casa dos pais de Nice, que moravam no interior, era sua cama de infância. No inverno, passavam frio, e também por isso dormiam abraçados, já que estariam nus, pois viviam trepando. Ninguém ali usava pijama. A cama fazia muito barulho, com o qual as pessoas da casa meio que se acostumaram.

No terceiro quarto, Luiz estava sempre lendo debaixo de um estranho abajur de pernas compridas, cada perna uma lâmpada, mas apenas uma funcionava. Ficava sentado em uma almofada em posição de Buda, um Buda cheio de cabelos. Tinha uma cama de viúva, tudo comprado na mesma leva do Hospital do Câncer, assim como as coisas da cozinha: uma mesa de fórmica com duas cadeiras, um fogão velho e uma geladeira praticamente vazia, a não ser pela comida que Aldo levava para o trabalho em uma marmita. Ninguém cozinhava.

Aldo e Luiz se conheceram na USP e abandonaram ao mesmo tempo o curso de ciências sociais. Luiz prestou vestibular outra vez e entrou em filosofia. Aldo foi militar numa fábrica. Mas eles continuaram morando juntos.

Nice e Max vieram por intermédio de um amigo comum, que sumiu do mapa nos primeiros anos da universidade. Já chegaram inseparáveis.

Na comprida sala de visitas para onde davam as portas dos quartos, havia um sofá de couro desgastado, alguns pufes e um tapete felpudo que Max trouxera um dia, não se sabe de onde. Algumas pessoas se deitavam nele e conversavam até dormir por ali mesmo.

Nos fundos da casa, ao lado do banheiro, havia um quartinho apertado que ninguém usava. Celeste, que aparecia uma vez por semana para fazer a faxina e preparar a comida de Aldo, às vezes se sentava em um banquinho lá dentro e fumava enquanto observava, por exemplo, um raio de sol entrando pela janela e iluminando partículas de poeira que dançavam no espaço. Uma distração para a hora do café, que ela tomava da própria garrafa térmica, caso não houvesse café na casa.

Celeste fazia arroz e feijão, que deixava guardados na geladeira, e Aldo só tinha o trabalho de estrelar um ovo em cima deles. Celeste adorava Aldo, a quem era fiel e em quem achava tudo bonito. Se estava no quartinho e alguém vinha puxar conversa, ela era meio lacônica. Não tinha muito assunto com quem não fosse o Aldo.

Seu dinheiro estava sempre sobre a mesa no dia em que ela vinha, e a primeira coisa que fazia era guardá-lo embolado numa carteirinha que tinha sido um porta-níqueis no passado. Ela possuía veículo próprio.

Não era raro encontrar Aldo na rua, de volta do trabalho. Ela esperava até dar a hora certa, mesmo que já tivesse terminado o serviço. Celeste, então, pegava seu carro e buzinava feliz quando o encontrava, nesse acaso premeditado.

Se chovia muito forte, o córrego transbordava e inundava a rua, e Celeste não ia trabalhar. Ela ficava triste sem conseguir imaginar como Aldo poderia ter saído para o trabalho.

O ponto de ônibus mais próximo ficava na avenida. Ali passava o ônibus que demorava para chegar e que levava até as portas da USP, onde se deveria fazer a baldeação para um circular branco de faixa azul e laranja na lateral. Ele ia e voltava em movimento perpétuo pela Cidade Universitária.

VISITANTES

Leo, Leonor Carducci (como esquecer esse nome de diva de ópera?), também era fã de Aldo. Leo pertencia a outra classe, Luiz notou logo na sua primeira visita, quando ela chegou no frio usando um casaco vistoso, de oncinha, a bordo de um Aero Willys preto que tinha alguma coisa de presidencial na lataria brilhante, o nariz de bico de ave canora, as sobrancelhas desenhadas.

Leo estava apaixonada por Aldo, todo mundo sabia, embora ninguém comentasse na frente dos dois. Estava na cara. Eles tinham sido colegas no cursinho. Agora ela fazia jornalismo na ECA, um ano à frente de Nice. À primeira vista, não tinha nada a ver, mas acabou se integrando à paisagem. Aldo é que não parecia a fim dela.

Em geral, quando Leo aparecia, ele não teria chegado ainda. Então ela ficava esperando. Se tivesse alguém com quem conversar, conversava. Tinha um inesperado senso de humor. Na frente de Aldo, esse humor concorria com a devoção.

Leo sempre buzinava ao chegar, e as crianças da vizinhança gostavam de espiar no interior do Aero Willys. Ficavam intrigadas com a alavanca de câmbio na coluna de direção. Muitas vezes, Luiz e Leo passavam horas conversando no tapete da sala de visitas. Ele dizia que ela era a motorista de um carro-tanque e que tinha lido todos os livros.

Ninguém se lembra de como Hilton e seu imenso *black power* apareceram pela primeira vez, mas era como se estivessem por ali desde o começo. Ele era um menestrel de violão sempre debaixo do braço, um velho Del Vecchio do qual não se afastava nunca e que soava diferente, como nenhum outro, entre o afinado e o desafinado. Vinha tocando macio no ônibus, descia dando adeus a algum passageiro que por ventura botasse a cabeça para fora da janela, pegava a rua de terra e já chegava na república cantando.

Também era querido pelas crianças, e os moradores da casa sentiam que faltava alguma coisa quando ele não estava por perto. Gostava de ficar num canto da sala, sentado em um pufe, ouvindo a conversa e providenciando a trilha sonora. Vivia circulando pela

ECA, a FAU e a história, mas não se sabia qual delas ele cursava, e mesmo se cursava alguma delas.

Quanto a Anna Lupo, Nice a tinha trazido. Ela a chamava de "minha amiga trotskista, minha amiga libelu".

O TRABALHO

ALDO ACORDAVA antes do nascer do sol, fazia o café, fritava o ovo e o colocava, estrelado, sobre o arroz e o feijão na marmita (no refeitório da fábrica, havia uma espiriteira com a qual se aquecia a marmita em banho maria). Ele não gostava muito do que comia, mas até aí, tudo bem. Às vezes espiava a mistura da marmita ao lado, que a pessoa comia com gosto. Não se importava muito, até achava engraçado não ter tanto apetite. De certa forma, mimetizava o que seria comer com voracidade, para não parecer diferente.

Para chegar à estação ferroviária, onde pegaria o trem que o deixaria não muito longe da fábrica, ele andava um bom pedaço ainda no escuro. Seu turno começava às 7 horas e terminava às 17 horas. Era puxado. Ele usava sempre a mesma japona xadrez muito gasta e calçava um de seus dois pares de sapatos, aquele mais bruto reforçado com uma sola grossa. Já ia vestido com o macacão.

Quando fazia calor, ia em mangas de camisa e levava o macacão dentro de uma bolsa de plástico, dobrado junto com a marmita. Não parecia um operário para os outros operários. Trabalhava numa linha de montagem. Tinha feito um curso noturno para operar as máquinas. E sempre levava um livrinho na bolsa, junto das outras coisas. Quase não tinha tempo para o livro, fosse ele qual fosse.

Suas reuniões de célula eram sombrias, burocráticas, semanais, e ele segurava firme os bocejos de cansaço, fixando o olhar em quem estivesse falando como se da boca da pessoa fosse sair uma revelação mortal. Nunca saía — eram só relatos burocráticos. Ele tinha um contato na fábrica que os companheiros de célula chamavam de "seu" (dele) Paulão. Paulão que comia com gosto a mistura, de colher, sempre ao seu lado, e que não era um cara grande, e mesmo assim era "*ão*".

Aldo pensava em como todos davam duro naquela fábrica, e no refeitório, que era uma imundície. Quem sabe não caberia ali um levante? Pensava no ovo estrelado e nos conselhos que Paulão lhe pedia sobre a mulher, cuja imagem ficava suspensa no ar, um rosto desconhecido que ele preenchia de várias formas, sempre modificado, um corpo bem-feito que Paulão não se cansava de realçar com uma risada meio boba.

Pensava nas respostas evasivas que dava ao ouvir as perguntas sobre a Casa da Árvore, o lugar onde dizia que morava sozinho, mas só por enquanto, pois pretendia se casar um dia. E que esse dia estava bem longe. E nunca dizia Graças a Deus, pois era comunista e, portanto, ateu; coisas que Paulão ainda não sabia, mas devia suspeitar.

NOSSO BUDA

Da janela do seu quarto em Alferes, no sul de Minas, Luiz enxergava o Morro da Graça. Uma nuvem tímida costumava pousar no cume do morro, e a duração de sua imobilidade fazia bem aos pensamentos do garoto. Ele se perdia e, de repente, já estava estudando as cores da sombra da pedra. Pensava que, algumas vezes, diferente do cinza, ela se projetava em azul-escuro, e raramente em violeta.

Quando Luiz foi embora para São Paulo, já era aquela espécie de Buda, magro e sorridente, cheio de pelos, descalço sempre que aparecesse a oportunidade.

Não trabalhava, no início de todos os meses, o pai lhe enviava uma ordem de pagamento pelo Banco do Brasil, e era assim que ele cobria as despesas. Neste sentido, era meio asceta: almoçava no bandejão do CRUSP, comia uma fruta à noite. Tinha se transformado num animal frugal, e havendo uma feira livre não muito distante da república, gostava de passar por lá nas manhãs de quinta-feira e comprar bananas, laranjas, maçãs e mangas, além de um pastel de queijo, que, na primeira mordida, queimava a boca com a fumaça quente. Os feirantes o apelidaram de Mineiro.

As frutas eram deixadas numa fruteira que alguém tinha trazido, a peça mais bonita da casa, e alegravam a cozinha como faria uma pintura de natureza morta — bastava um raio de sol incidir sobre a fruteira. Luiz cortava a casca da laranja em perfeito formato de espiral. Sempre a chupava debaixo da árvore.

Todos os seus livros estavam assinados. No exemplar de *No Urubuquaquá, no Pinhém* estava escrito, junto às epígrafes de Plotino e Ruysbroeck, o Admirável: *Luiz Antônio Novaes, SP — 26/12/76*. O conto "O Recado do Morro", desse livro admirável, trazia para ele uma mensagem pessoal. "O meu é o Morro da *Graça*, o dele é o Morro da *Garça*. Percebe?"

Seu exemplar de *Grande Sertão* era ainda mais velho, cheio de páginas soltas e todo anotado com uma letra que não era sua. Era o único que não tinha assinatura, devia pertencer a outra pessoa. Ele gostava de se perder no livro, enxergava nele um monte de aspectos cósmicos e sobrenaturais que se acumulavam nos grifos da outra pessoa, e por isso não terminava nunca e nunca o devolveria.

22 ABAIXO A VIDA DURA

O pai de Luiz se chamava João, a mãe, Lucília, e ele falava tanto dos dois que se tornaram pessoas da família para os amigos da república. Todo mundo sabia que eles estavam sempre de mãos dadas na pequena sala de visitas, acomodados diante da televisão. Que a porta aberta também dava para o morro. Que o café era sempre adoçado, que os almoços eram cheios de tudo que a cozinha mineira podia imaginar. No entanto, a vida em São Paulo tinha estreitado o estômago de nosso Buda, e ele, na volta, não conseguia encarar os banquetes familiares. Então a mãe ficava preocupada, e o pai oferecia mais e mais comida.

Mas também havia o sino da igreja na ladeira de trás, que ao badalar as horas do dia deixava Luiz conectado com o chão de ferro sobre o qual a cidade se assentava. E aí tudo voltava a se ajeitar. Depois de uns dias em casa, começava a engordar outra vez, punha os velhos discos de 78 rotações do pai para tocar, as serestas que ele ouvia desde criança, sendo seu João um clarinetista amador na banda de música local, além de funcionário público aposentado. Tocava mal pra burro, mas com alma.

Luiz vivia descalço, colado nos livros, alimentando o conhecimento enciclopédico. Os irmãos eram mais velhos do que ele e da pá-virada, dispersos por vários

estados, cada um com sua aventura. O caçula tempo-
rão é que buscava de algum jeito o nirvana, um mar
de tranquilidade.

Para Aldo, Luiz era um gênio curioso trancado no
próprio mundo, e eles ficaram amigos também por
isso. Para uma pessoa de vida mais ou menos clandestina, um operário infiltrado com mãos de estudante,
o mais importante era que a casa no fim da rua nunca
parecesse um aparelho.

O ANJO QUE
VAI NASCER

EM ALGUMAS manhãs da semana, Nice e Max ficavam postados numa esquina estratégica da avenida Rebouças, contando carros para uma pesquisa da engenharia de tráfego do Detran. Usavam uma prancheta e um contador manual. Era uma ocupação de meio período.

Os motoristas passavam meio intrigados com aqueles cabeludos anotando números numa prancheta, e Nice e Max, postados em esquinas opostas, na companhia de outros, ganhavam a vida assim, com esses bicos que apareciam de vez em quando. Este estava durando. Mas não há nada mais chato do que contar automóveis enquanto se respira a fumaça dos seus escapamentos.

Do outro lado da rua, Max acenava de tempos em tempos, e era tudo o que acontecia. Aí, no final da manhã, chegava uma Kombi do Detran e levava todo mundo embora, todos os garotos cabeludos e barbudos, todas as meninas de cabelos ao vento. Max tentava animar Nice no sacolejar da Kombi. Estava sempre de bom humor. Dizia algumas barbaridades no ouvido dela, só para levantar o moral, e ela acabava rindo. Afinal, eles tinham saído da mesma cama naquela manhã, onde treparam e conversaram até tarde.

Nice chegou até a escutar os pássaros da madrugada, com seu piado melancólico, e Aldo acordando e fazendo barulho com as panelas para preparar o café e a marmita, e, ainda morrendo de sono, ela bocejava na Kombi, segurando a mão de Max, ouvindo todas aquelas besteiras, que achava muito doces.

Max era um garoto da praia, nascido em Santos. Uma vez por mês, mais ou menos, era atacado por um tipo de nostalgia da água. Então ele ficava silencioso, um tanto arisco, e Nice já sabia do que se tratava. Era imperativo que ele enfiasse um calção na mochila, pegasse a velha barraca minúscula, catasse umas frutas na fruteira e saísse atrás de um ônibus que o levasse até a rodoviária. De lá, partia para uma prainha distante do litoral norte. Muitas vezes, Nice foi junto.

Levava muito tempo para chegar, e durante esse tempo, ele não abria a boca. Então chegavam à praia e se atiravam ao mar. E voltavam para a areia e se deitavam de costas, os braços e pernas abertos, olhando direto para o sol. Depois, eles montavam a barraca, mas nem chegavam a entrar nela, ficavam apenas olhando para o mar, para onde voltariam assim que estivessem secos. No caso dele, bem ao fundo do oceano, já Nice, que não sabia nadar, ficava à espera com a água nos joelhos, enquanto ele voltava nadando das profundezas, e era quando ela cantava para si mesma um mantra que a acalmava desde criança: "Que tudo se realize/No *anjo* que vai nascer/Muito dinheiro no bolso/Saúde pra dar e vender."

A noite chegava, e os dois acendiam uma fogueira, contavam estrelas sem apontá-las, comiam alguma outra coisa que Nice tivesse trazido, porque, se dependesse dele, seriam só frutas, e entravam na barraca para trepar até dormir, cheios de areia no corpo.

O gozo de Nice disputava com o barulho do mar, e um ou dois dias bastavam, inclusive para ensiná-la a nadar, um curso que nunca se completava. Em breve, na cor dos camarões, eles estariam de volta para ganhar o pão com as pesquisas da engenharia de tráfego.

CAVALO DE TROIA

NA PRIMEIRA VEZ em que Nice trouxe a amiga trotskista, a amiga libelu, Aldo torceu o nariz, porque militava pelo bigode de Stálin, em cuja fotografia os libelus costumavam desenhar dentes de vampiro. Ele ficou meio puto, mas continuou na sua.

No final da tarde, chegou do trabalho e encontrou Nice, Max, Luiz e Anna Lupo rindo, deitados no tapete. Eles pararam de rir quando ele entrou, e Anna reabriu o sorriso e disse "oi", levantando-se para beijá-lo no rosto. Ele capturou o beijo de passagem, sorriu amarelo e foi para o quarto.

Notou que ela ficara um pouco tímida depois do beijo, não soube bem onde deixar os braços, e enrubescera. Depois, deitou-se no mesmo lugar e voltou a rir com os outros. Ele teve um pouco de ciúme desses risos todos, e chegou uma hora em que não aguentou mais e saiu do quarto com um estrondo involuntário da porta, foi para a cozinha (seguido pelos olhares de todo mundo) e disse que ia fazer um café.

Fez o café, deixou de propósito que o aroma tomasse a casa por um instante e foi servindo as pessoas nas canecas diferentes que encontrou na cozinha. Para Anna, a mais bonita delas, ainda que amassada, a de alumínio cintilante de cor prata, a caneca que Luiz havia trazido de Minas, na qual bebera água por toda a infância.

Anna olhava para Aldo de soslaio enquanto conversavam. Ele não disse uma palavra, mas ouvia tudo, atento, e também ria de vez em quando. O assunto era uma colega de Max na FAU, que descera as rampas da faculdade de cabeça para baixo, andando com as mãos, o vestido a cobrir seu rosto.

"Uma artista de circo", Max disse, e acrescentou que as pessoas tinham um certo medo dessa pessoa, mais surrealista do que qualquer surrealista da USP. Ela também costumava tocar uma flauta de pã peruana, cujos sons agudos ecoavam pelos corredores abertos da FAU.

Nice se lembrou de que não tinham nenhum som em casa e pensou na sua vitrolinha de criança que ficara no interior. Uma pena, fazia falta. A casa tinha apenas o radinho de pilha de Aldo, que ficava estacionado na janela da cozinha, bem ao lado do pote de sal, e que Aldo ouvia em todas as manhãs num volume monótono que não acordava ninguém.

Anna o seguiu com os olhos quando ele saiu para fumar, e continuou dando umas olhadas de leve na sua figura esquiva.

No final da noite, ela foi embora na companhia de Nice e Max, que a levaram até o ponto de ônibus. Aldo ficou conversando com Luiz. Com o canto do olho, acompanhou a partida da amiga libelu.

A Libelu dava as melhores festas. Um dia talvez ele fosse disfarçado a uma delas, por que não? Os trotskistas diziam que os stalinistas trepavam de pijama. Bom, ele mesmo não trepava fazia um tempo. Quem sabe um dia, Leo, mas ele não tinha nenhum interesse sexual por ela. Riu sozinho dessa história e ficou pensando na amiga libelu que Nice tinha trazido para casa feito um cavalo de Troia. Luiz notou toda aquela animação, mas não disse nada.

A VIDA É BELA

ERA ASSIM QUE Moisés jogava no gramado em frente à ECA, no futebol do entardecer: amarrava as hastes dos óculos uma na outra. Usava o que estivesse à mão, um barbante ou um elástico. Durante um bom tempo, foi um elástico, o que lhe dava uma aparência meio esquisita, de um ser robótico, que, ainda por cima, corria com os braços estendidos ao lado do corpo, num movimento mecânico, mas não menos veloz.

Não era bom de bola, mas ninguém que estivesse no ataque queria lidar com sua presença intimidante na defesa, o olhar astuto por trás das lentes esverdeadas de fundo de garrafa.

Este era o Moisés do futebol da ECA. O Moisés da Libelu era um mentor que tinha vindo de algum lugar do Paraná, de uma cidadezinha de colônia ucraniana.

Ele fazia muitos contatos, cooptava os jovens militantes sentando-se com eles diante do gramado. Seu cabelo era crestado pelo sol, dividido ao meio, a barba era preta e hirsuta, o pomo de adão pontificava entre os pelos rebeldes, ele tinha um jeito engraçado de rir, para dentro. Isso tudo assustava num primeiro momento, embora cativasse logo em seguida, quando ele dizia coisas claras e sensatas, trazendo a voz grossa para perto do crepúsculo.

Ele era sempre capaz de usar todos os jargões com enorme flexibilidade: informe, camarilha, dialética, materialismo histórico, questão bizantina, questão de ordem, companheiro, obreiro, entrista, reformista, centralismo democrático, revolução permanente, movimento de massas, eixos de luta, paciência revolucionária.

Tinha bastante paciência, fazia um trabalho de formiga, era meticuloso e capaz de distribuir conselhos onde menos se esperava. "A vida é bela", ele costumava dizer, usando a frase do testamento de Trótski.

Ele começou a conversar com Anna Lupo logo no começo, na greve que havia parado a escola no ano em que ela entrara na faculdade. Nem havia a Libelu direito, a tendência ainda não tinha nascido no interior de um Fusca, como os militantes gostavam de contar, mas Moisés já era uma espécie de libelu, do mesmo sangue dos futuros fundadores que se reuniriam espremidos no interior do Fusca mítico.

O jornalista Vladimir Herzog, militante do PC, foi suicidado na tortura em outubro daquele horrível ano de 1975.

Anna Lupo, igual aos outros calouros, era combativa e não parecia ter medo. "Ninguém morre aos 20 anos", Moisés disse para alguém enquanto observava o interesse de Ivan pela garota que ajudava a segurar uma faixa cor-de-rosa em frente à escola, aquela em que estava escrito "Pelas Liberdades Democráticas", o que parecia ainda muito sem graça.

"Ninguém morre aos 20 anos. Só o Álvares de Azevedo, o Casimiro de Abreu e o Fagundes Varella." E depois, falando para ninguém, coçando o queixo peludo: "Ivan, você é terrível."

Mais para a frente ainda, quando sabia que Anna estava sofrendo, ele parava de falar, mirava o gramado em frente à ECA e dizia a ela, depois de se levantar e rumar para o Centro Acadêmico: "A vida é bela, Anna Lupo." E assim, ela abria um esboço de sorriso.

UM FUSILLI
AL LUPO

Os PAIS DE Anna tinham o In Bocca al Lupo, que já não existe mais. Ficava escondido num beco, na verdade, uma ruazinha estreita e curta que não parecia dar em lugar nenhum. Não tinha placa, não tinha nada, apenas os fregueses sabiam onde ficava, e era gente de teatro em sua maioria, fregueses que jantavam por ali depois das peças.

Não que fossem do primeiro time, ninguém ali era uma Cacilda Becker, um Ziembinski. Eram trabalhadores do teatro, pessoas que tinham outras ocupações e faziam tudo por amor, chorando de mentira para plateias de quinze pessoas numa arquibancadazinha de madeira montada em um teatrinho de arena com cara de circo mambembe. Coisas desse tipo.

34 ABAIXO A VIDA DURA

Era essa a trupe do In Bocca al Lupo, cujo Lupo vinha da mãe de Anna, Beatriz (Bici). O pai sendo Silva, Valdemar Silva.

Ele era um cozinheiro de mão cheia. Como tantos nordestinos de São Paulo, tinha o dom e trabalhava duro. E acima de tudo, Valdemar amava a Itália, era mais italiano do que os próprios italianos, e ao descobrir que a menina Bici tinha nascido perto de Florença, não descansou um segundo até conquistá-la. Apanhou bastante para isso.

Eles se conheceram no restaurante em que ele cozinhava, no Centro. Mesmo sendo tão feio, e ela tão bonita, tão distante, Valdemar não conseguia mais tirar os olhos dela, e tanto insistiu, que a família de Bici acabou cedendo, e mesmo o pai dela, que era meio pão-duro, emprestou um dinheiro para a abertura do In Bocca al Lupo. Valdemar levou anos para pagar tudo, com juros e correção monetária, mas pagou, foi uma questão de honra.

Um dia, apareceu na cantina uma pessoa de um teatrinho próximo, onde se encenava uma peça infantil com bonecos. Era uma matinê, e a pessoa viera atrás do cheiro que sentira no beco, e era o cheiro da comida de Valdemar, no Bocca. E aconteceu assim: outros vieram, e as pequenas peças da vizinhança foram trazendo mais gente, e o ambiente rústico (uma sala com algumas mesas e toalhas quadriculadas, vinhos de rótulo italiano nas prateleiras, fotografias em sépia da velha Florença e o desenho de um lobo peludo diante de uma criança feito a bico de pena), a simpatia de Bici, mesmo a beleza calma de Bici, seus olhos muito claros que geravam uma estranha paz no interlocutor, e o esforço de Valdemar em trazer Florença para perto, Florença que ele ainda não conhecia e, mesmo assim, era capaz de dizer muitas coisas sobre a fotografia da Ponte Vecchio — tudo isso e mais o fusilli al Lupo fizeram da casa uma pequena atração teatral.

Foi nesse meio que Anna cresceu, com o cabelo preto, o sorriso do pai e a beleza da mãe, e só falando italiano em casa, embora o italiano do pai não fosse nada bom.

Era um povo engraçado. As mesas conversavam entre si, e a menina ficava encostada num canto vendo tudo acontecer, as dramatizações — era uma ribalta. Alguns traziam restos de maquiagem, o cabelo emplastado, os olhos ainda borrados, às vezes um chapéu-coco roubado do guarda-roupa, um par de asas, uma dancinha espontânea no meio do salão, sem nenhum motivo, uma exclamação ensaiada na porta de entrada, onde Bici recebia os fregueses num pequeno púlpito cheio de notas fiscais enfiadas num prego, e muitas vezes a menina ao lado, sendo chamada de linda por quem entrasse (por exemplo, um velho ator fazendo uma mesura).

Anna cresceu nesse ambiente e se acostumou tanto com os seres extraordinários que entravam ali, que pensou em fazer teatro e foi prestar vestibular para o curso da ECA. O pai foi surpreendido pela história toda e, quando se deu conta, Anna já tinha entrado na faculdade. Só que aquilo, o mundo idílico do Bocca, não era o mundo da universidade. A universidade era uma ilha no meio da ditadura, e logo que ela entrou, houve a greve na escola.

O que ela viu no primeiro semestre foi tudo, menos teatro. Ela mais pintou palavras de ordem nas faixas cor-de-rosa do que qualquer outra coisa. Era um outro planeta, fantástico.

Um dia, já no ano seguinte, Moisés se sentou ao lado dela diante do gramado, ao pôr do sol. Eles apenas começaram a longa conversa que chegaria até o ano seguinte.

Antes de acabar o primeiro encontro, ele amarrou os óculos na nuca, tirou os sapatos e foi jogar futebol com os braços grudados no tronco. Para Anna, ele parecia outro daqueles tipos exóticos que frequentavam o restaurante da família e que, com o passar do tempo, foram sumindo, restando apenas os fregueses que já não tinham mais tanta graça. Então ela via Moisés com simpatia. No futuro, ela seria cooptada.

A NEBLINA,
O ÁLCOOL,
O CÃO E
O MATADOR

NA ESTAÇÃO mais fria de 1977, o vento parou de varrer as ruas do bairro como costumava fazer, e uma densa neblina baixou em alguns dias, durando até a metade da manhã.

Aldo teve que sair de casa com uma lanterna, pois não dava para enxergar muito bem e ainda estava escuro. Ouviam-se apenas os passos esmagando pedrinhas na rua de terra. Tudo em silêncio, inclusive os pássaros da madrugada no alto das árvores.

Aldo reparou numa figura estranha, estática, pousada sobre um telhado. Parecia pairar acima da névoa, com uma forma espectral. Aldo enfiou as mãos nos bolsos da velha japona xadrez e desviou o olhar, para descobrir, logo em seguida, a silhueta do burro pastando na margem do córrego. As águas também estavam quietas, tampouco se ouviam os sapos.

Chegando na esquina, ele fez uma coisa que nunca tinha feito. Notou que o boteco já estava aberto, era um lugar onde os primeiros trabalhadores já eram vistos tomando um café e uma bebida anestésica para aguentar o tranco. Aldo nunca parava para beber, mas nesse dia, mudou de ideia. Fazia muito frio.

Ele conversou um minuto com o dono. Eles falaram sobre o tempo, sobre não enxergar nada pela frente. O outro pareceu um homem decente. Aldo pensou em Paulão, o único amigo que tinha fora da república, já que os companheiros de célula não eram amigos, mas companheiros, camaradas, e tirando eles, só havia o pessoal da república e a amiga burguesa, que dirigia aquele tanque preto pelas ruas da cidade. Que estranho, que dureza, não havia mais ninguém, nenhum parente próximo, todos no interior, e, no entanto, ele não estava mal.

Resolveu, a partir daí, parar todo dia para conversar com o dono do boteco e tomar sua anestesia antes de ir para o trabalho. A neblina, o nada que ela representava, o deixara gregário.

40 ABAIXO A VIDA DURA

Naquela manhã, antes de tudo se dissipar, Celeste vinha de carro com o pé no freio, temendo os buracos. E de fato, o carro caiu num deles, e não saiu de jeito nenhum. Ninguém veio ajudar, a não ser um vira-lata que se aproximou abanando o rabo à procura de companhia e depois se projetou na janela com a língua de fora.

Celeste primeiro se assustou, mas, não vendo outro jeito e com medo de ficar parada no meio do nada, abriu a porta e saiu a pé, seguida pelo cão. Ele tomou a dianteira e a levou até o fim da rua, onde apareceu a silhueta da grande árvore.

Eles se despediram, mas o cão continuou sentado diante da porta da cozinha. Já durante o dia, ao vê-lo deitado do lado de fora, Luiz se lembrou de que ele já estivera por perto, e que um dos meninos da rua dissera que o cachorro morava ali com o antigo inquilino, e que a pessoa tinha morrido. Mas o animal não voltou nos dias seguintes, nem nunca mais.

A caminho do Hospital Universitário, onde tinha marcado uma consulta, Nice ficou meio perdida, cercada de névoa por todos os lados. Chegou a parar no meio do nada, indecisa, até que ouviu o barulho de uma moto que se aproximava saindo do fundo da neblina com o farol aceso.

Era uma Cinquentinha dirigida por um garoto que tinha a reputação de ser o matador do pedaço. Era o que as crianças diziam, cheias de admiração. Já teria matado não se sabe quantos, e os moradores da república se perguntavam se não tinha algo a ver com o Esquadrão da Morte. A lenda foi crescendo, e de vez em quando ele passava de moto diante da Casa da Árvore, indiferente, sem olhar para os lados.

Nesse dia da grande neblina, ele ofereceu uma carona que Nice não pôde recusar. Ela subiu na garupa e foi segurando na cintura dele. Notou que era muito magro. Como um garoto tão franzino poderia matar alguém?

A moto chegou rápido na avenida, ela desceu no ponto de ônibus, duas ou três pessoas olharam para eles, espantadas. O garoto ainda esperou com a moto ligada, acelerando de vez em quando. O ônibus chegou, a porta se abriu num suspiro, Nice entrou e acenou lá de dentro, vendo o matador fazer a volta e seguir na direção contrária.

NA COMPANHIA
DA POLÍCIA

NA NOITE DAQUELE dia, por volta das 10 horas, Hilton estava parado num ponto da Teodoro Sampaio à espera do ônibus que o levaria para a Casa Verde, onde morava com o pai e os irmãos. Carregava o violão debaixo do braço. O violão não tinha caixa, e ele o levava assim mesmo, de um lado para o outro. Foi quando passou, na velocidade de um carro fúnebre, um camburão da polícia.

A coisa mais comum que acontecia a qualquer pessoa negra era ser parado pela polícia, que lhe pediria os documentos, às vezes com uma lanterna acesa na cara do indivíduo. Se fosse jovem, era obrigatório. Se fosse jovem de *black power*, não tinha saída: seria alugado ali mesmo, e se desse sorte, não seria levado para averiguação.

Mas se fosse um jovem negro, de *black power* e com um violão debaixo do braço, era como se tivesse roubado alguma coisa na cara da polícia.

O policial de boina e capote, o cinturão com o .38 amarrado em torno da cintura, desceu na frente de Hilton, meteu-lhe a lanterna na cara, pediu os documentos, iluminou a carteira de identidade e não enxergou nada, embora tivesse passado um bom tempo examinando a foto de Hilton, que permanecia parado, com os dois braços ao lado do corpo, o violão tocando o chão.

O policial apagou a lanterna e disse apenas: "Você vem com a gente." Abriu o porta-malas e continuou, sem pressa: "Sobe aí, negão." E Hilton, de sandálias, apesar do frio, acomodou-se na traseira do veículo do jeito que pôde, o violão entre as pernas. Ficou manso e nervoso: não sabia o que poderia acontecer. Ou melhor, sabia: talvez não chegasse em casa naquela noite.

E, assim, ele ficou rodando no escuro, a cidade era só barulho noturno penetrando pelas frestas da viatura.

Só depois de muito tempo, o carro parou, o porta-malas do camburão foi aberto, e ele vislumbrou o azul da noite, ouviu cigarras e grilos, não fazia ideia de onde estava. Apenas sentiu um sopro de vento gelado no rosto quando desceu, percebendo que uma das sandálias tinha se enroscado e ficara dentro do veículo. Ele resolveu deixá-la ali mesmo, pois tomou um tapa na cara, e seu violão foi jogado de lado. O policial apontou o dedo no nariz dele e disse, enquanto ele tremia (de medo e, depois, ódio): "Se cuida, negão. E corta esse cabelo." Depois, ajustou o cinturão com a arma na cintura, bateu a porta traseira, subiu na viatura sem pressa, e eles partiram.

Hilton se viu no meio do nada, no meio de uma cerração espessa, mas pelo menos o violão estava só arranhado. Tirou a carteira do bolso traseiro e conferiu o documento, que ainda estava dentro dela. E viu que não tinha dinheiro para um táxi que o tirasse dali, sabendo que nenhum táxi pararia para ele em lugar nenhum.

Assim, movido pelo instinto, pegou o caminho de volta para casa.

Chegou junto com a luz do sol. Entrou e se sentou no sofá da sala, o olhar fixo na parede em frente. Depois, ficou olhando para o violão, a ponto de cantarolar para ele. O pai apareceu e perguntou onde ele tinha estado. E Hilton disse: "Com a polícia, pai."

E só aí começou a chorar — um choro que engoliu rápido, sem que o pai percebesse que ele estava quase a soluçar. O velho, parado na porta de entrada, de costas para Hilton, notou que a neblina havia se dissipado. O dia ficou limpo, igual a muitos outros na cidade de onde ele nunca tinha saído, e de onde nunca sairia.

VAMOS OUVIR O ZUMBIDO

Para lá dos terrenos baldios distantes, havia esse descampado no qual se estendia uma longa fila de fios de eletricidade sustentados em torres de alta tensão. As torres desciam por uma colina e subiam em outra, e quando se chegava embaixo delas, ouvia-se um zumbido. Tinham descoberto um refúgio para não pensar em nada, apenas ouvir o zumbido hipnótico e persistente que descia dos fios elétricos.

Se alguém aparecesse em casa e a conversa fosse prolongada, não custava nada dar um pulo até as torres de alta tensão para, debaixo delas, ouvir o zumbido, o ruído misterioso que era diferente de uma pulsação, era mais um mantra *zen* que descia a colina e subia a borda seguinte. Nosso Buda dizia para quem estivesse por perto: "Vamos ouvir o zumbido." E então saíam em caravana. Muitas vezes, ele e Nice iam sozinhos, conversando, e só paravam de falar debaixo dos fios, deixando-se hipnotizar pelo zumbido.

"Será que isso não faz mal?", Max chegou a perguntar. Mas aos 20 anos, somos todos imortais. E alguém disse: "É como ficar embaixo dos fios do telégrafo." Nenhum deles, porém, recebia telegramas naqueles dias.

Certa tarde, em que Hilton, Nice e Anna Lupo foram para as torres, Hilton tocou uma música que parecia uma canção de amor. E era. Ao terminar, os três ficaram em silêncio. A música encobrira o zumbido, e quando Anna quis saber de quem era e para quem era, Hilton disfarçou a ponto de ficar nervoso, descruzando as pernas e ficando de pé, com o violão entre eles, olhando para o alto, para os fios que balançavam ao vento.

Nice sacou no ato do que se tratava: era uma canção para Anna. Ela se deu conta de que, àquela altura do campeonato, todos os homens que conhecia, de uma forma ou de outra, estavam apaixonados por Anna Lupo, e mesmo Max talvez estivesse, e isso provocou nela uma ponta de ciúme, que logo se dissipou.

Naquela noite, enquanto todos dormiam, ela cobriu o namorado e saiu ao relento. Ficou olhando para a silhueta da grande árvore, que superprotegia aquela casa, feito sua mãe brava, que, apesar de pequenina, mandava em todo mundo no interior.

Então acendeu um dos seus raros cigarros, roubado de Aldo, soprou a fumaça para o alto com tranquilidade e pensou em como era bom estar livre na cidade, nem tão perto e nem tão longe de tudo.

AMIC

A OSI CHAMAVA as células de *amic,* talvez pela origem francesa da organização. A primeira reunião de *amic* de Anna Lupo foi no prédio da matemática. Estavam presentes Moisés, que era o camarada Vítor, e outros três camaradas, dois da física e uma da biologia.

Um deles tinha o apelido de Mexerica, devido ao seu rosto redondo e avermelhado. Era o camarada Sílvio. Outro, o camarada Daniel, era um cara pequeno que disse ter escolhido tal nome de guerra porque, se tivesse um filho, ele se chamaria Daniel. Pareceu meio bobo e pomposo na reunião em que esse nome de guerra surgiu.

Vânia era a menina da biologia, cujo nome de guerra era Ruth. Anna foi saudada como a nova camarada, de nome de guerra Artemísia. "O quê?", os outros perguntaram. "Artemísia é uma planta, não é?", disse a camarada Ruth.

"Minha Artemísia foi uma pintora num tempo em que só existiam pintores homens, e minha mãe sempre falava de um quadro dela que tinha visto em Florença", respondeu Anna.

A reunião de *amic* foi em frente, e Moisés deu andamento aos informes. Qual o estado da conjuntura política, o que é que dava para fazer em matéria de revolução, que, no caso dos trotskistas, era permanente. E depois, falaram dos contatos, do antagonismo com o pessoal do PC e do PC do B (Anna pensou em Aldo), além do MR8, que naquela ocasião andava meio hibernado. No final, distribuição de alguns textos batidos à máquina, copiados em letra azul.

Tudo era novidade para ela. Quando recebeu os textos rodados em mimeógrafo, ficou impressionada com o cheiro do álcool. Aquilo, sim, é que era atividade clandestina. Depois, falaram dos próximos passos.

A ideia era gritar "Abaixo a ditadura". Muito mais forte do que "Pelas liberdades democráticas", defendida com a máxima cautela pelas outras tendências. Já bastava a *abertura lenta, gradual e segura* que os generais permitiam.

"É igual a dormir de pijama", disse o camarada Sílvio, cujo rosto ficou um pouco mais vermelho. Ele queria dizer "trepar de pijama", mas achou que não ficaria bem na presença da nova camarada. No entanto, ela entendeu.

A natureza de Anna a levava a contemplar ao mesmo tempo, por exemplo, o sol que entrava pelas janelas da classe em que estavam, e as anotações do quadro negro, com suas fórmulas matemáticas incompreensíveis. Queria saber de tudo.

Ela também sabia ser uma pessoa diligente e anotava tudo, a tal ponto que Moisés interrompeu o que estava dizendo para dar uma demonstração de como destruir um documento secreto no caso de ser pego pela polícia. Ele dobrou o papel de Anna em forma de fole e, com o isqueiro, ateou fogo numa das pontas. O papel foi queimando sem fazer fumaça e logo seria apenas uma lembrança carbonizada.

Anna notou que no bolso de Moisés, para onde o isqueiro voltara, também havia um pente. Um pente de osso dos mais comuns, com o qual, às vezes sem perceber, Moisés costumava coçar as costas peludas depois de pentear o cabelo.

Ela riu por dentro dessas coisas estranhas. E Moisés fechou a reunião de *amic* dizendo, à boca pequena:

"Abaixo a ditadura, camarada Artemísia." E, de saída, ergueu o punho para todo mundo, sem estardalhaço: "A luta continua."

O GRUPO DOS AMIGOS DO TEATRO

CONCENTRADO NA arte de tocar o violão vadio em frente ao gramado da ECA, Hilton não percebeu quando eles se aproximaram e fizeram um círculo ao seu redor. Apenas notou as sombras que rodavam em ciranda contra o sol, que estava a pino. Era uma ciranda lenta e silenciosa, movida pelo som do violão.

Reparou que as pessoas sorriam, pareciam encantadas com sua música. Mas aí, parou de tocar para ver o que acontecia, e a ciranda parou de girar também. De repente, ninguém mais ria. Todos se abaixaram ao mesmo tempo, todos se dobraram numa mesura e disseram, em uníssono: "Salve, Hilton, nosso menestrel!" Bem teatral.

Eram os surrealistas da USP. Eles faziam performances sem nome: subiam uns em cima dos outros no saguão de entrada da escola; fingiam-se de mortos ao lado da lanchonete, estendendo os cadáveres lado a lado pelo chão; liam discursos sem pé nem cabeça em frente ao Centro Acadêmico; faziam pequenas passeatas com cartazes em que só se viam letras do alfabeto e pontos de exclamação; postavam-se em fila indiana imóvel perto do relógio da reitoria; jantavam comidas imaginárias em bandejões vazios no CRUSP. Parece que nutriam também um grande desprezo pelo teatro. Por isso se batizaram de Grupo dos Amigos do Teatro, coisa que eles não eram. Muito pelo contrário, estavam mais para inimigos.

O líder, Julián, era um sujeito magro e calvo, mas cabeludo — o que lhe restava do cabelo descia pelas costas —, um *calveludo* que parecia um faquir. Suas costelas ficavam à mostra, ele usava camisetas infantis. Bem como sandálias de couro e calças boca de sino com remendos coloridos.

A mulher, Silvina, fazia-se de louca. Era uma boa atriz. Mas eles desprezavam o teatro, então ela se adaptara ao ritmo das performances, que sempre ficavam ainda mais perturbadoras com o seu talento dramático, o contorno dos olhos borrado a lápis, cabelo arrepiado.

Os dois eram argentinos. O resto do grupo, não. O teatro, segundo eles, era a vida, ou seja, muito chato a maior parte do tempo. Então queriam tocar fogo nessa vida.

Eles também desprezavam a libelu do curso de teatro. Anna Lupo não entendia nada do que eles faziam, mas também não dava muita bola. Ela conhecia a verdadeira gente do teatro.

STÁLIN E TRÓTSKI VÃO PARA O CÉU

NÃO DEVIA TER um título, não era considerada uma peça, e houve mesmo uma vez em que usaram um cartaz sem título para anunciar a apresentação disso que era mais ou menos um ato de uma peça, embora a palavra "peça" nunca tenha sido usada nem de brincadeira, e as pessoas que assistiram a essa não peça na entrada da ECA não guardam nenhuma lembrança, porque, afinal, era mais uma provocação com os nomes de Trótski e de Stálin, que não eram citados, mas subentendidos, de forma que aqueles que passaram por ali a caminho do saguão ou vindo dele viram Julián, de rabo de cavalo e com um bigode de papel imenso, representando Stálin, e Silvina, de cavanhaque e cabeleira eriçada, representando Trótski.

Ela era mais atriz do que ele, embora ninguém do Grupo dos Amigos do Teatro admitisse. Por isso, Trótski se saía melhor na história.

Stálin e Trótski batiam à porta do céu. Um anjo vingador atendia, mas não deixava os dois entrarem. Então, cada um deles tentava realçar suas qualidades para convencer o porteiro do céu.

Trótski falava do trem blindado que comandara nos primeiros tempos da Revolução Bolchevique e da criação do Exército Vermelho. Falava de seu amor por Natalia Sedova, ressaltando a frase que disse ao morrer: "Natasha, eu te amo." "O que pode ser mais belo que isso?", ele perguntava. E emendava: "A vida é bela. Que as gerações futuras a limpem de todo o mal", palavras do seu testamento.

E se lembrava também do seu amor pelos coelhos, que criava em Coyoacán, onde morreria. E então Silvina/Trótski enfaixava a cabeça lentamente, mostrando que ainda sofria com o golpe de picareta de alpinista que Ramon Mercader, agente de Stálin, havia desferido contra ele.

E Stálin dizia que Trótski não era santo. "Ora, não esqueça dos marinheiros do Kronstadt, que ele mandou massacrar." Ao ressaltar seus próprios feitos, disse que vencera a Segunda Guerra, pavimentando o chão dos nazistas com 20 milhões de cadáveres soviéticos. Que tinha uma filha, Svetlana, de quem gostava muito. E que, ao deixar o filho mais velho num campo de prisioneiros nazistas, fizera-o porque não se deve ser nepotista. E lembrou que havia sido um poeta na juventude.

Depois, não houve mais tempo para poesia, mas ele manteve o senso de humor, colocando tomates nas cadeiras de seus comandados quando os recebia para jantar. E Beria... ah Beria, o chefe de polícia, o cão de guarda que abduzia mocinhas na rua abrindo a porta do seu carro oficial e as estuprava no interior. Beria fazia isso sem que Stálin soubesse da missa um quinto. Se soubesse, teria mandado fuzilar o homem, como fizera com milhares de outros que nem estupradores eram, apenas ex-companheiros do Partido Bolchevique.

"Eu era o Velho", dizia Trótski. "Velhos não fazem mais mal a ninguém."

"Mentira, no seu caso", dizia Stálin. "Eu era o chefe genial, o Pai dos Povos."

E um coro atrás de Stálin, composto por três figuras com cartazes indicando seus nomes (Cheka, GPU, NKVD), dizia "Você era genial, chefe", enquanto uma quarta pessoa, uma menina loirinha que talvez se parecesse com Natasha, cruzava a cena com um cartaz onde havia uma imagem do rosto de Stálin com dentes de vampiro. No final da história, o Anjo Vingador mandava todos para o inferno.

UM VELHO PALETÓ DE VELUDO COM OS COTOVELOS REFORÇADOS

JÁ A CAMARADA Artemísia era uma boa garota-propaganda. Não havia tempo ruim com ela. Se desse, engatava uma discussão sobre a conjuntura. Não era chata, dizia apenas que uma revolução estava para acontecer, e seria permanente, nunca num só país, e nunca sem a classe operária. Falava isso com simpatia.

Foi assim que Ivan reviu Anna na lanchonete da ECA. Logo se aproximou da mesa em que ela ficara sozinha. Puxou uma cadeira sem cerimônia e disse, com sua voz de veludo: "Bem-vinda, camarada."

De perto, Ivan era ainda mais feio. Não teria a menor chance com ela, Anna pensou. Tinha um aspecto um tanto sujo, os dentes também não ajudavam. A pele ruim. Não parecia lavar o cabelo. Meio ogro. Só as mãos eram bonitas, e talvez o cabelo, quando lavado. O cabelo de um poeta simbolista.

Ainda não tinha se transformado no orador que viraria assembleias na FAU e na história, onde quer que aparecesse. Era só o sujeito com voz de veludo que dava as boas-vindas para a camarada Artemísia. Disse que tinha gostado do seu nome de guerra. E ela agradeceu e explicou do que se tratava.

Ele achava que tinha visto um quadro de Artemísia Gentileschi em Paris. Seria um dos diversos quadros dela em que uma mulher mata um homem trespassando seu pescoço com um punhal, martelando um prego na cabeça dele ou simplesmente cortando-a fora. Diziam que, neles, Artemísia se vingava do estuprador que havia denunciado quando adolescente, um amigo do seu pai, mas, no fim das contas, ela era, acima de tudo, uma mulher determinada, combativa e livre no meio de homens barrocos e brutos.

Ivan disse que, ao ver Anna fazendo proselitismo, lembrou-se da imagem terna que guardava de Jean-Paul Sartre e Simone de Beauvoir distribuindo seu jornal maoísta numa esquina da Rive Gauche. Ele tinha 20 anos e se lembrava muito bem daquilo, da emoção de tê-los visto em carne e osso. Acabou paralisado, com *La Cause de Peuple* na mão.

Foi o que ele contou.

"Então você conhece Paris", ela disse.

"Como a palma da minha mão", ele respondeu, observando os próprios dedos grossos.

Ela ficou intrigada. Talvez fosse tudo conversa fiada, mas como saber? Às vezes ele aparecia envergando um velho paletó de veludo com os cotovelos reforçados. Às vezes também usava óculos, e ela pensava que pelo menos escondiam um pouco da sua feiura.

Um dia ele sumiu, ficou uma semana fora. Ela custou a admitir que tinha sentido falta dele, daquele paletó puído, inclusive, que numa noite gelada no *campus* ele tirou e colocou sobre os ombros dela para que parasse de tremer de frio.

O MUJIQUE E
O GENERAL

Tuco, o Mujique, coa o café numa velha chaleira de alumínio. Ele está no sítio da Cantareira, o lugar que escolheu para morar, pois tem alma de camponês russo. É o chefe da Comissão de Segurança da OSI, embora não seja de briga, desde que não pisem no seu calo trotskista.

Em momentos de grande aperto, era capaz de atitudes audaciosas. Por exemplo, resgatar da polícia um camarada que não poderia ser preso, "O Judeu", chamado assim pelo coronel-secretário da Segurança Pública, que vivia farejando a presença dele em toda parte, uma caça que gostaria de abater e levar como troféu. "Onde está o Judeu? Cadê o Judeu? Quero a cabeça do Judeu!", ele costumava gritar aos seus tiras depois de alguma escaramuça.

Era o camarada Marcos, um dos passageiros do lendário Fusca, um dos pais fundadores da Libelu, com o cavanhaque e os olhos de águia de Trótski.

Foi no Vale do Anhangabaú, durante a primeira grande batalha dos estudantes com a polícia. Em fuga pelo espaço aberto, na companhia de dois ou três colegas da geografia e da história, o camarada Marcos foi cercado pelos PMs, que o derrubaram, espancaram e arrastaram para uma viatura próxima.

Tuco, que tudo via à distância, correu na direção dos soldados e chegou gritando: "DOPS! Deixa comigo!" E assim resgatou Marcos, já com um pé dentro do camburão, e saiu levando o camarada pelos cabelos.

Mas no sítio da Cantareira, com seu pastor-alemão chamado General, Tuco vivia sossegado, um mujique que não soubesse de nada deste mundo, a não ser de lua, colheitas e frangos crus.

O aroma do café tomava a casa inteira, enquanto uma neblina suave se deslocava pelas colinas, porque era ainda muito cedo. Ele estava para pegar o seu carro velho, caindo aos pedaços, e descer para a USP, para a sua reunião de *amic* no prédio da história. Fazia arquitetura e, como todos os estudantes de arquitetura, havia passado do tempo e já devia estar formado.

64 ABAIXO A VIDA DURA

Só que Tuco gostava demais da universidade, que era um contraponto para a sua vida no campo, na Serra da Cantareira. Ele já trabalhava na produtora de vídeo de um amigo. Não tinha muita criatividade, seu olhar era estreito, enxergava apenas o que estava próximo. Mas transmitia muita segurança com sua calma mamífera de grande porte.

O café despertou sua mulher, Stela, que todo mundo chamava de Stela Vermelha, sendo ela a antítese disso: também era trotskista, mas pequena e doce, com os cabelos loiros enrolados em caracol, um anjo em que ninguém enxergaria uma braveza passionária. Mas, sendo trotskista, diziam os adversários da Libelu, só poderia ser vermelha, *porra-louca*. Parada diante de Tuco, vestindo apenas uma camiseta comprida, bocejando e tremendo um pouco de frio, ela é abraçada por ele e desaparece nesse abraço.

Stela Vermelha fica em casa lendo alguns documentos mimeografados com seus olhos muito míopes, seus óculos de aro dourado, tomando sol no quintal, vestindo uma blusa de lã enorme e rústica que pertence a Tuco, enquanto ele acena do carro e parte para a cidade. Ela e General ficam juntos. "Abaixo a Ditadura", ela diz ao cão, do jeito que Tuco tinha ensinado. E o cão, obediente, se senta.

ABAIXO A DITADURA

No DIA 30 de março daquele ano, uma passeata de milhares de estudantes percorreu o *campus*, liderada por uma faixa em que estava escrito "Pelas Liberdades Democráticas". Era a primeira vez que isso acontecia desde 1968: passeatas estavam proibidas, bem como assembleias ou qualquer outra coisa que reunisse gente.

A ideia era sair da USP, mas para isso seria necessário passar diante da Academia de Polícia, logo na entrada, onde estava postado um pelotão da Tropa de Choque comandado pessoalmente pelo coronel--secretário da Segurança Pública.

No meio do caminho, houve um agravante. Uma palavra de ordem temida foi surgindo da retaguarda e acabou tomando conta da passeata, o que transformava a passagem diante da polícia em um evento ainda mais perigoso.

Começou com Moisés, que vinha nas últimas fileiras. Ele puxou "Abaixo a vida dura". Ninguém é a favor da vida dura. E gritar "Abaixo a vida dura" não machuca ninguém. A vida é mesmo dura para todo mundo, pobres e ricos, gregos e troianos, stalinistas e trotskistas.

Luiz seguia gritando um pouco mais à frente, perto de Nice e Anna Lupo, que caminhavam de braços dados, igual a um trecho de "Pra não dizer que não falei das flores", a música que os libelus sempre acharam muito chata e que tinha a ver com a "Caminhando", a tendência maoísta e braço estudantil do PC do B, cujo nome fora tirado da abertura da canção.

Ivan, na mesma fileira de Anna, olhava para ela de vez em quando, e ela retribuía o olhar. Nessa altura, Ivan já nem era mais tão feio.

A vida pulsava naquela passeata, o coração dos estudantes bombeava uma energia pura. "Abaixo a vida dura" passou por eles e seguiu adiante como "Abaixo a ditadura".

O que aconteceu foi um telefone sem fio. O que começou como "Abaixo a vida dura" foi transformando-se naturalmente em "Abaixo a ditadura", uma palavra de ordem que a cautela de todas as outras tendências não permitia gritar, mas não houve jeito. "Abaixo a ditadura" acabou contagiando todo mundo, e parecia que os estudantes tinham guardado aquele grito dentro do peito como se fosse um quebranto do qual precisassem se livrar com toda força dos pulmões.

E de tanto gritar "Abaixo a ditadura", muita gente ficou rouca antes mesmo da passagem pela Academia de Polícia, onde o coronel-secretário da Segurança Pública, com seu aspecto que cairia muito bem no comando de um pelotão das SS de Hitler (ele, cujo bigodinho branco também lembrava Pinochet), esperava a passeata proibida de terno e gravata, brandindo na coxa um chicotinho de montaria.

"Abaixo a ditadura", gritava a multidão, que veio vindo em passos largos, contornou o trevo na frente da Academia, desfilou na cara do coronel-secretário furibundo e seguiu em frente, saindo da USP.

Nice e Anna Lupo apertaram os braços, e os olhos de Anna cintilavam com lágrimas de libertação. Muitos estudantes choraram naquele dia e foram em frente, gritando a plenos pulmões. Cerca de cinco mil desfilaram diante do coronel-secretário que brandia o chicote de montaria.

68   ABAIXO A VIDA DURA

E pensar que tudo tinha começado com o aumento do preço do bandejão. E com a palavra de ordem inofensiva que Moisés (seguido por Tuco e Stela Vermelha) lançara lá atrás.

A passeata seguiu até o Largo de Pinheiros, não muito distante do *campus*. Ali ela se dissolveu, e os estudantes se espalharam pelas redondezas — um bando de cabeludos cuja vida ainda estava apenas no começo, o começo do fim da ditadura — e apressaram o passo sem medo nem cautela, audaciosamente indo aonde era preciso chegar.

NUMA REPÚBLICA DISTANTE

Na véspera do primeiro de maio, estudantes que distribuíam panfletos convocando para um protesto no Dia do Trabalho foram presos. Eram oito. Entre eles, quatro também eram operários. Um estudante/operário era amigo de Aldo; eles militavam juntos no PC do B. Era um cara simples, tímido e inflexível. Os companheiros ficaram preocupados e esvaziaram o aparelho em que a célula dele se reunia. Não era a mesma de Aldo, mas, por via das dúvidas, ele não fez mais contato naquela semana. Ficou pensando se o amigo seria torturado. Ficou pensando se ele mesmo não abriria o bico se fosse torturado.

Se era mesmo de aço como queria acreditar, embora soubesse que não era coisa nenhuma, tinha medo de ser pego e entregar alguém, um ponto que fosse. Achava que não resistiria. As pessoas que o conheciam pensavam o contrário: Aldo parecia ter a inflexibilidade de um santo. Mas não era bem assim. Ele gostava de rir e gostava de viver como qualquer outro mortal. Também preferia ouvir a falar ou discursar, e sempre com um livrinho do lado. Mãos de estudante. Não era um guerrilheiro nato, e certamente teria passado maus bocados ao lado dos companheiros do Araguaia. Vai saber.

No Primeiro de Maio, ele decidiu ficar em casa. Preparou o café um pouco mais tarde e ficou observando a árvore, sua sombra benéfica alcançando a casa. Sentiu-se no meio do mato. Era um refúgio. Ali ele era um operário com passado de estudante, um anfíbio morando numa república distante.

Não era o melhor dos disfarces, mas ficava longe de tudo. Da fábrica, inclusive. Notou que suas mãos estavam sujas de graxa, aquela sujeira permanente que não parecia sair nunca. Lavou as mãos na pia. Luiz apareceu, e eles tomaram café na cozinha.

"Não sei o que fazer com a minha folga", Aldo disse. Luiz ficou olhando, ainda sonolento. Tomou o café, olhou para fora, para a sombra da figueira, e disse:

"Que tal uma excursão?" As torres eram um lugar para o qual Aldo ainda não tinha ido.

Então eles foram e se deitaram no mato sob os fios de alta tensão, ouvindo o zumbido. O silêncio era companhia deles, e os dois gostavam disso.

Por acaso, não demorou muito para que Nice e Max aparecessem também. Depois, eles voltaram para casa juntos e fizeram o almoço com o arroz e o feijão que Celeste tinha deixado na geladeira. E depois ainda, no final da tarde, Aldo foi até o boteco que ficava no caminho do trabalho e bebeu seu anestésico no crepúsculo. Voltou para casa um pouco bêbado e foi dormir.

Os outros permaneceram embaixo da árvore, conversando sobre nada. Era uma noite de primavera, e eles resolveram acender uma fogueira. Ficaram acompanhando as fagulhas que subiam para o céu.

Aldo não viu nada, apagado em seu colchão estreito e curto.

O SAPATO

No DIA 5 de maio, em ordem e de braços dados, firmemente unidos, os estudantes saíram em passeata do Largo de São Francisco até o Viaduto do Chá, embora pretendessem ir mais longe. Aconteceu que a polícia, outra vez comandada em pessoa pelo coronel-secretário da Segurança Pública, fechara a saída do viaduto.

Ali, os estudantes, milhares deles, pararam diante da tropa e, na dúvida sobre o que fazer, sentaram-se no asfalto. À frente deles, a faixa "Liberdades Democráticas". Eles permaneceram sentados, lendo em uníssono uma carta pública que reivindicava a soltura dos companheiros presos no Primeiro de Maio. "Hoje, consente quem cala" eram as primeiras palavras da carta.

Os populares acompanhavam tudo na saída do viaduto, acomodados até a escadaria do Theatro Municipal. Entre eles e os estudantes, a polícia e o coronel-secretário da Segurança Pública. Entre a polícia e os estudantes, um espaço em branco, uma zona livre de cerca de cem metros.

Bombas de gás lacrimogênio haviam sido arremessadas ali. Tanto Ivan quanto Moisés e Tuco, e mesmo Anna Lupo e Nice e Max, perceberam que estavam presos numa arapuca. E para piorar as coisas, ao recuar das bombas de gás, alguém perdera um sapato na zona livre. Ou o arremessara. Houve um impasse.

A polícia, de um lado, com seus cassetetes e bombas, e os tiras do DOPS. Os estudantes, do outro. Na zona livre, o sapato.

Foi quando Tuco pegou uma das varas que sustentavam a faixa e se pôs a pescar o sapato. Quem viu prendeu a respiração.

Ele pescou o sapato e o trouxe para o lado dos estudantes, debaixo de uma chuva de palmas. Ninguém sabia de quem era, mas fora resgatado.

Depois, os estudantes se levantaram, viraram as costas e começaram a voltar para o Largo. Se a outra saída estivesse fechada, teria sido um massacre, uma ratoeira. Pareceu a todos uma grande mancada, um erro tático grosseiro, uma estratégia de quem não está acostumado a sair de casa. Os estudantes não saíam de casa desde 1968.

Tuco levou muitos tapinhas de felicitações nas costas largas, e até mesmo o dono do sapato apareceu em algum momento para resgatá-lo, o pé descalço pisando direto no asfalto quente, o sorriso do gato que engoliu o canário.

Repórter: "Por que permitiu que a passeata chegasse ao Viaduto do Chá?"

Coronel-secretário de Segurança Pública: "Você está viva, não está? Isso é porque não está morta."

O MOVIMENTO LENTO DE UM SONHO

O GRUPO DE Estudos Revolucionários (GER) se reunia no sítio de Tuco e Stela na Cantareira. Ali se estudava de tudo, da revolução permanente ao materialismo histórico, de *Que Fazer?*, escrito por Lênin, à conjuntura política da América Latina, do enfraquecimento da ditadura à IV Internacional, e assim por diante.

Os camaradas passavam o fim de semana discutindo esses assuntos todos, mas também cultivavam o direito à preguiça, que significava passear sem destino pelas redondezas, cozinhar, bater papo sobre a dura vida cotidiana, música, cinema e livros. Trocavam muitos livros, ou simplesmente pegavam da estante de Tuco e Stela e iam ler ao sol nos momentos de folga.

Stela Vermelha gostava de rock. Às vezes punha para tocar *Exile on Main Street,* o disco heroinômano dos Rolling Stones. Maconha era proibida na Organização, por questões de segurança (e Tuco era da Comissão de Segurança) — alguns libelus fumavam mesmo assim.

Por enquanto, ainda não havia heroína no mercado, mas a polícia logo cuidaria de providenciar a droga, do mesmo jeito que fizera com a maconha (a ideia de Tuco era a de que a maconha fora introduzida com tudo pela polícia na década anterior — e o controle do tráfico ainda continuava nas mãos dela).

A certa altura, Tuco botava para tocar outra proposta, o Segundo Movimento do "Concerto em Sol Maior para Piano e Orquestra", de Ravel. Sempre à noite, porque tinha "o movimento lento de um sonho", era um adágio de "grande beleza", que as pessoas paravam para escutar por dez minutos, afundadas no sofá ou deitadas no tapete felpudo, observando o crepitar da lareira (havia uma no sítio, cuja construção rústica era de pedra e deve estar de pé até hoje). O adágio acalmava, trazia as coisas para o chão ou as levava para o céu.

"Ravel", dizia Tuco (embriagado pela música "com a qual podemos morrer"), "era um dândi baixinho, com a aparência de um jóquei bem-vestido; a música era muito maior do que ele".

Também nas noites de sábado, eles jogavam mímica. Tuco virou lenda ao tentar passar adiante um dos enigmas, *Deus e o Diabo na Terra do Sol*. Seus parceiros eram Ivan e Anna, e eles, após muitas tentativas estapafúrdias, conseguiram acertar o título.

Naquela noite, depois de passar o dia estudando a IV Internacional de acordo com Pierre Lambert, Ivan e Anna acabaram dormindo juntos.

Houve muita conversa no tapete da sala antes disso, e quando todo mundo já estava se retirando, os dois foram para o quartinho que ficava nos fundos, e ali, meio tremendo de frio, Anna Lupo tirou a roupa e mergulhou embaixo do edredom de Ivan, que já tinha se apressado e ficara nu assim que fecharam a porta do quarto.

No princípio, Anna ficou tímida. Ivan tinha um forte cheiro de corpo e era um pouco grosso, tinha sido com Stela durante o jantar, o que causou um certo desconforto momentâneo. Por que ela teria aguentado tanta feiura e maus modos? Teria sido por causa da voz de Ivan, que parecia o tempo todo dirigida a ela, direto no seu ouvido, onde tinha cócegas?

E talvez porque parecesse impossível que os dois ficassem juntos.

Mas o sexo, ela diria depois, nem fora grande coisa. Ivan dormiu com a cabeça enfiada no pescoço de Anna, e por alguma razão, ela ficou acariciando o cabelo dele com um pouco de pena e uma vaga ideia de felicidade. Também ficou ruminando a ideia fixa de que ele não saberia o que era ter pena de pessoas, coisas e animais. E foi assim que apagou.

A CRIATURA MAIS FEIA DA TERRA

QUANDO TUCO acordou no dia seguinte, a neblina que antes cobrira as colinas estava se movendo. Fazia frio. Ele usava uma velha blusa de gola alta que pertencera ao seu pai. Ficava igual a ele quando jovem nas fotografias espalhadas pela casa, e ambos ouviram de um tio que se pareciam com velhos lobos do mar. A blusa estava furada nas costas, e Anna Lupo disse isso a ele assim que apareceu na cozinha, enrolada em uma manta que emprestara de uma das poltronas da sala, guiada pelo perfume do fogo extinto na lareira.

"Tá furada", ela disse. Ele estava tomando café diante da janela e da neblina que se esvaía.

"Ah, é velha demais, coitada", ele respondeu, tentando alcançar o buraco com os dedos. A caneca em que ele tomava o café tinha uma lasca no esmalte vermelho, e era muito velha. "Quer café?" E virou o bule fumegante numa outra caneca, tão velha quanto aquela, mas diferente. E os dois ficaram observando o exterior.

"Meu Deus, como é bonito aqui", ela disse. E ele respondeu: "Mesmo não existindo, Ele deve estar de olho nessa beleza." E ela concordou.

"Eu nem sei fazer café", ela disse.

"Eu também não", ele disse.

"Então foi Deus quem fez esse aqui, né?"

Tuco estava concordando quando Stela Vermelha apareceu na cozinha. Ela ficou com ciúme, um ciúme que apareceu com uma dor meio lancinante, mas que depois desapareceu, evaporou com o café.

Os três se sentaram à mesa da cozinha e comeram o pão que Tuco havia feito na véspera. Anna, encantada com tudo aquilo, disse que um dia queria aprender a fazer café e pão como aqueles. "Eu ensino", ele respondeu, e Stela bocejou e riu ao mesmo tempo. "Sempre trabalhamos com as massas por aqui."

Ivan apareceu na porta da cozinha. Estava todo amarfanhado. Não disse uma palavra, apenas pegou o café e o pão e foi para fora. Depois, apareceu na janela e ficou chamando por Anna. Stela e Tuco olharam para ela, esperando uma resposta. Anna deu de ombros e mostrou que estava tomando café ainda, mas eles a mandaram ir ao encontro dele, que fazia uma cara muito feia na janela. E ela acabou saindo no frio.

Lá fora, os dois ficaram conversando. Anna se sentia um pouco envergonhada por ter dormido com ele. Afinal, Ivan era do Comitê Central. "Coisa feia", ela disse em voz alta. Ele a abraçou, e eles foram vistos por Stela e Tuco, que haviam se movido até a janela, tomando mais café.

"Esse Ivan é terrível", disse Tuco.

"A criatura mais feia da Terra", Stela disse. E ficou vermelha de verdade. Tuco sabia que ela estava tendo um caso com ele, mas segurava a onda porque não gostaria de perdê-la, e às vezes, na cama, ela se trancava em si mesma e não dizia uma palavra, só chorava com a cabeça no ombro dele, e depois dormia.

IN BOCCA AL LUPO

O CARRO-TANQUE pegou a Francisco Morato, esticou pela Rebouças, chegou em Pinheiros e dobrou uma esquina para chegar à rua estreita que, sem saída, parecia um beco. Chegaram a uma casinha geminada, agora pintada de vermelho para não ter erro: era o restaurante.

Luiz, Aldo, Max, Nice e, por último, Leo desceram do veículo. Anna estava à espera deles, apontando para a fachada, ela disse: "In Bocca al Lupo. Na boca do lobo. Que é como se deseja boa sorte em italiano antes de um espetáculo. Merda pra você."

Ficou esperando que todos entrassem. E eles conheceram Bici e notaram a semelhança entre as duas — tirando a cor dos olhos, a altura e o cabelo. Então, Valdemar apareceu, e eles viram de onde tinha saído a cor do cabelo. "Você é a Branca de Neve, cabelo preto e pele de porcelana, e agora entendo por quê", Luiz disse.

O restaurante era pequeno, com poucas mesas, cobertas por uma toalha xadrez. Valdemar juntou duas delas. Estava de muito bom humor. Mostrou para eles as fotos da parede. "Esta é a Ponte Vecchio", ele disse. "E este é o Vesúvio, que entrou aqui de alegre." E depois disso, admitiu que não conhecia nada daquilo ao vivo, "infelizmente". Mas disse que Bici conhecia, e Bici disse: "Menos o Vesúvio." Tirando Bici, a italiana, ninguém ali tinha viajado para fora ainda.

Do nada, surgiu Ivan. Ele que já conhecia Paris. Anna ficou muito surpresa. Os outros também. Aldo não entendeu direito de quem se tratava. Não conhecia Ivan. Se soubesse quem era, teria se imaginado num antro trotskista.

No entanto, apesar de tudo, a noite foi suave. A comida era boa, e houve um momento em que Ivan não parou mais de falar de Paris. Ninguém falou de política. Anna ficou ouvindo com o queixo apoiado nas mãos, os cotovelos ladeando o prato de comida. Ele não parou mais de falar. Leo olhava para Aldo, Aldo bocejava antevendo o dia seguinte. Mas todo mundo parecia feliz.

Perto da meia-noite, todos, menos Ivan, foram embora. Eles quiseram dividir a conta, mas o pai de Anna não deixou. Anna saiu na companhia de Ivan, e Valdemar ficou se perguntando o que é que ela estava fazendo com "aquele *cabra* tão feio". Bici disse que Anna ia dormir fora. Valdemar não soube o que dizer, então fechou a cara e foi fechar o restaurante.

Leo levou as pessoas para casa e, mesmo depois de terem insistido para ela entrar, não desceu do carro. Aldo até riu e acenou para ela da entrada. Leo achou que era um progresso e foi embora contente, a bordo do seu carro-tanque.

ENTRE OS DEMÔNIOS CONSPIRADORES

O APARTAMENTO DE Ivan era um covil escuro em Pinheiros, sempre de janelas fechadas, e os outros tipos que moravam ali viviam cada um na sua, eram mais velhos e não muito simpáticos.

Nas vezes em que esteve no lugar, Anna Lupo contou três moradores além de Ivan, dois homens e uma mulher. A mulher tinha um olhar sarcástico, ela e Ivan pareciam se entender pelo olhar. O de Ivan ficava diferente na presença dela, ainda mais sarcástico. Eles diziam coisas que só eles entendiam e nunca falavam de política.

Talvez fosse um disfarce, Anna pensava, mas o fato é que nunca se sentia muito bem quando ia para lá no meio da tarde, e, ao bater na porta, meio que se arrependia. Quando Ivan vinha atender, ela conseguia ouvir seus passos arrastados chegando — ele sempre estava fazendo outra coisa, mas já ia pegando no seu corpo, dobrando sua espinha e arrastando-a para o quarto. Era uma sensação ruim.

E depois do sexo, que nunca era espetacular, ela ficava prostrada na cama, nua, ouvindo os movimentos da casa, sussurros de demônios conspiradores, ela pensava, que desapareciam assim que ela deixava o cômodo.

No quarto de Ivan, a cama era grande, e os livros se amontoavam nas paredes. Ele lia de tudo, não só os escritos de Trótski. Lia os surrealistas, os metafísicos italianos, Rimbaud, Baudelaire e Carlos Drummond de Andrade. Sabia um monte de poemas de cor, dizia que tinha uma memória prodigiosa.

"E a modéstia também", Anna dizia. Ele a deixava sozinha no quarto, debaixo do lençol, que era sempre o mesmo, para falar com os outros demônios e trazer um café quase frio. Fazia tudo isso pelado. Também gostava de contar quão bacana era Paris. Pelo que Anna entendeu, ele havia morado lá em alguma época não muito distante.

Anna ouvia histórias que não tinham mais fim, ele se deixava levar pelo som profundo da própria voz, a ponto de inventar outras tantas histórias que imbricavam na principal.

Ela queria gostar dele menos do que gostava — aquele apartamento escuro, aqueles livros amontoados, a cozinha suja, a poeira flutuando no ar com um pobre raio de sol que conseguia entrar por uma fresta da cortina, aqueles demônios em movimento, o sexo mais ou menos. Ela não queria admitir que gostava mais dele do que pensava.

Aquele homem tão feio, de pele ruim e dentes amarelos e grandes.

Mas ia e voltava, de novo batia na porta de Ivan, sempre movida pelas sensações sombrias. E entrava e caía na cama outra vez, e não conseguia evitar que tudo acontecesse da mesma maneira. E se por algum motivo ele não estava, ela ficava mal, muito pior do que gostaria de pensar, e se ele aparecia de surpresa depois de uma ausência mais prolongada, ela sentia alguma coisa próxima de uma misteriosa ideia de felicidade.

Ia e voltava, até que um dia, na rua, ela viu Stela Vermelha entrando no mesmo prédio.

Ficou imóvel na calçada, um passante até perguntou se ela estava se sentindo bem. Era uma velhinha.

88 ABAIXO A VIDA DURA

Anna respondeu que não era nada, apenas um problema no coração. Um sopro. E foi caminhando com pés de chumbo até o ponto de ônibus, e ainda assim sentia que não queria ir embora, que não queria se afastar daquilo que poderia estar acontecendo. E pôs-se a pensar que talvez não fosse mesmo nada, só um engano. Stela Vermelha deveria ter outras coisas para fazer naquele prédio.

O problema é que, ao voltar, outro dia, viu Stela saindo do mesmo lugar. Não teve coragem de confrontar Ivan.

CADA VEZ PIOR

SENTIA-SE INFELIZ quando foi procurar Nice. Lembrava-se mais ou menos de onde ficava a república, desceu do ônibus e foi atrás da casa. Um monte de crianças brincava por ali, e foram três delas que a levaram até a árvore no fim da rua.

Eram três meninas engraçadas. Elas se cutucavam e falavam umas com as outras na língua do Pê. Anna foi perguntando coisas sobre elas, e as meninas respondiam na língua do Pê.

Uma tinha o joelho ferido, outra era muito arrumada, e a terceira usava roupas de menino. Anna pensou nela mesma quando menina. Era uma criança feliz que aprendia italiano com a mãe na cozinha do restaurante, o lugar onde presenciava a devoção de Valdemar para com Bici.

Anna nasceu e cresceu pelos lados da Vila Madalena, mas quando ainda era um lugar pacato, sem estudantes ou barzinhos, com vassouras de piaçaba — de bruxa — varrendo a calçada, velhos armazéns, botequins, bazares, ladeiras íngremes, gritaria de crianças e cortiços.

Anna Lupo avistou a grande árvore no fim da rua sombreando a república. Deu tchau paras as meninas e bateu palmas no portão, não tinha campainha. Luiz apareceu na janela, Nice abriu a porta. Anna foi entrando, e elas se abraçaram. Nos braços de Anna, Nice parecia uma daquelas meninas que a tinham trazido até ali. Ela notou que Anna estava chorando, sem soluços nem nada.

Então elas entraram, e Nice trouxe um copo d'água com açúcar para a amiga, que, no entanto, chorava sem fazer barulho nenhum, e quase ria com tristeza.

Nice perguntou por que ela estava infeliz, mas já havia adivinhado.

"É o Ivan", ela afirmou. A outra fez um muxoxo. A essa altura, Luiz já estava na sala e ajudou a consolar Anna.

"Um matador aqui na rua sai bem baratinho", disse Luiz.

Anna sorriu.

"O que é que ele te fez?", perguntou Nice.

"Ah, ele é o que é, eu é que fiquei assim", respondeu Anna.

"A melhor coisa que você fez foi vir para o campo", disse Luiz, acariciando os próprios pés. "Aqui temos um córrego, sapos, um burro e um matador."

"Mas nem é tão longe assim", Anna disse, olhando ao redor pela primeira vez. "É muito legal aqui."

E assim, foram batendo papo, mudando de assunto. E resolveram levar Anna Lupo para um passeio conhecido. Foram andando e falando sem parar.

Alcançaram as torres de alta tensão e se postaram debaixo delas, deitados no capim para ouvir o zumbido. Ficaram ouvindo o zumbido sem falar mais nada, a não ser: "Será que isso não é radioativo?", Anna perguntou.

"Não. O zumbido derrete problemas", respondeu Luiz.

Nuvens gordas moviam-se lentas no céu azul, viravam cavalos, castelos e liquidificadores.

"Sim, um liquidificador", disse Luiz. Era o que ele enxergava. Nice rolava de rir.

Depois, voltaram para casa e tomaram café na cozinha, para acabar debaixo da árvore. Anna voltou a falar de Ivan. De certa forma, era o que a acalmava. "A pior coisa é você cair por um tipo assim", comentou Nice. "Tão feio", Anna disse. "Como você explica isso?"

"É que as mulheres têm o dom do perdão, inclusive para a natureza."

Quando o sol estava quase se pondo, já avermelhado e caindo de pesado nas colinas, os três seguiram para o ponto de ônibus. Anna foi convidada a ficar, mas não quis. Tinha essa sensação de que talvez não quisesse ficar longe de onde Ivan poderia estar. Longe, "no campo".

Uma procissão de crianças, incluindo as três amigas, seguiu o trio e esperou o ônibus no qual subiu Anna. Ela já não estava mais tão infeliz e acenou da janela para todo mundo.

Tinha esquecido de perguntar sobre Aldo e lembrou-se de sua figura esquiva com carinho. Ficou puta por só pensar em Ivan. E por não deixar de ir ao seu apartamento, com ou sem Stela Vermelha entrando e saindo. Tudo ficava cada vez pior.

AINDA ESTAREMOS POR AQUI QUANDO VOCÊ VOLTAR

HILTON TOCAVA no gramado da ECA quando ela se aproximou e ele meio que perdeu o rebolado. Trocou de música, Anna já estava sentada ao seu lado, na grama, fechando os olhos na direção do sol e deixando que ele banhasse seu rosto. Cantou uma versão própria de George Harrison: "Pintou o sol, e eu disse: tudo bem."

Hilton e o sol estavam na mesma sintonia. Outras pessoas chegaram, era hora do intervalo, e ele teve um coro como companhia, sem tirar o olho da cabeça de Anna Lupo, erguida em direção ao sol, os olhos fechados. Hilton não deu a mínima para o coro, e, assim, ele logo se dispersou.

Foi aí que ele começou a mudar a chave. Anna foi baixando a cabeça devagar, pois, devagar, uma nuvem tinha entrado na frente do sol, e Hilton se pôs a tocar uma valsa, justamente a canção que ele havia composto sem ninguém mais saber.

Nunca houve nenhum registro dessa valsa, mas Anna, naquele dia do gramado, acariciando o verde da grama um pouco úmida, ouviu a música com grande atenção, olhando direto para Hilton, que agora havia fechado os olhos, para esconder o rosto dessa forma. Ele terminou.

Ela disse: "Que lindo. De quem é?"

Hilton estava a ponto de responder, vacilou um pouco, e foi aí que uma sombra surgiu sobre eles, e era Moisés, que se agachou e disse: "Ué, você tá chorando?" E segurou uma lágrima que descia pelo rosto de Anna. Ela estava mesmo chorando, e Hilton não tinha percebido, talvez porque o sol estivesse pairando sobre a cabeça dela exatamente naquele instante.

Ela pediu licença, levantou-se, agradeceu, afagou o *black power* de Hilton, comentou mais uma vez que a música era muito linda e foi se sentar com Moisés um pouco mais adiante, à beira do gramado. Hilton mudou a música, sentiu a perda de alguma coisa vital, um lance importante tinha escapado, e não havia o que fazer, era irremediável.

No final das contas, Moisés podia ser também um conselheiro sentimental.

Ele ouviu tudo sobre Ivan. Repetiu que ele era terrível. Mas não sabia muito bem o que aconselhar nesse caso. Disse apenas:

"Por que você não dá um tempo? A revolução é permanente mesmo. Ainda estaremos por aqui quando você voltar."

Assim, Anna começou a pensar em um jeito de dar no pé, de sumir do mapa, de ir para algum lugar que não tivesse nenhum pântano por perto, pois um pântano lembraria certa figura sombria e feia que habitava um apartamento que era a cara dessa figura, e, portanto, ela precisava escapar.

Levantou-se, determinada. Moisés segurou a mão dela por um instante e disse:

"Camarada Artemísia, abaixo a vida dura."

TIPOS DE CRIANÇA

NICE, VENDO o estrago causado por aquele romance, convidou Anna para uma viagem até a casa dos pais dela, no interior. Elas se encontraram na rodoviária e foram de ônibus. Não ficava longe.

Anna às vezes colava a testa na janela, por causa da tepidez do vidro. Estava com dor de cabeça, mas a dor passou assim que o ônibus macio ganhou a estrada. Elas foram jogando conversa fora, não tocaram em nenhum assunto mais sensível.

Falavam coisas como: "Como era você quando criança? Que tipo de criança foi você?"

"Eu agia como uma demônia com um menino. Ele se chamava Kiko. Eu o fazia de gato e sapato. E a devoção que ele sentia por mim só aumentava. Por isso, eu o maltratava ainda mais", contou Anna.

"Eu era igual aos meninos, subia nas árvores, jogava bola, descia a ribanceira em caixas de papelão, lutava com espadas de pau. Vivia com o joelho ralado, o sapato aberto no bico. Até que encontrei o primeiro menino que me fez sofrer. Então virei uma lady, até pintei as unhas. Mas o esmalte descascou muito antes que ele me desse bola. Era vermelho-sangue. O chato é que eu nunca mais consegui voltar para aquela vida masculina. Só ficava olhando de longe. Eu não pertencia mais a lugar nenhum", contou Nice.

Para onde elas estavam indo, ainda havia plantações de café, pequenas cidades com flores vadias espalhadas nos terrenos baldios e botecos preguiçosos nas esquinas que serviam um cafezinho de aroma encorpado. Depois, com o passar dos anos, os canaviais tomariam conta da paisagem, com sua cultura árida, estéril, cheirando a álcool, e açudes muito bem escondidos.

A casa dos pais de Nice tinha uma varanda, onde eles sempre ficavam vendo a vida passar. Perto dali, havia uma fábrica, na qual todos os velhos da cidade tinham trabalhado. Anna espiou a chaminé que subia para o céu. Fez um toldo com a palma da mão para ver melhor, e quando se virou, os pais de Nice já estavam no portão. Eles eram pequeninos, ainda menores que Nice.

A mãe baixou o rosto de Anna e lhe deu dois beijos, o pai carregou sua mala, e eles entraram em casa.

Havia uma foto do casamento deles na parede da sala, e tudo ali era pequeno, notou Anna, cada coisa em seu lugar.

A mãe achou que Nice estava pálida e que precisava se alimentar, e, assim, a primeira coisa que fizeram foi sentar na cozinha e comer um monte de coisas. O pai, de braços cruzados, a mãe servindo mais café, o pai saindo para fumar— era tão pequeno que parecia um garoto fumando ao relento.

A mãe não gostava do cheiro de cigarro, mas ele estava muito velho para parar, pois fumava desde os tempos da fábrica.

Naquela mesma tarde, elas foram ao clube. Era um lugar acanhado, mas cheio de árvores. Elas ficaram à beira da piscina, debaixo da sombra de uma mangueira, e os meninos locais se esforçavam para impressioná-las. Pulavam na água tipo aqualoucos, deixavam só os pés de fora, caíam fazendo bombas. Elas estavam habituadas ao mundo masculino e trocaram impressões sobre Max e Ivan.

"Max é um garoto da praia, e também um coelho. Bom, isso eu também sou."

"Ivan é tão feio que o improvável aconteceu, não teve jeito. E agora, estamos assim."

Os garotos da piscina admiraram a beleza de Anna, mas ela não deu a mínima. Da sombra, Nice acompanhou o movimento. Todo os homens do mundo caídos por Anna, e, ainda assim, teve pena dela.

À noite, depois do jantar, elas assistiram à televisão em família e foram dormir no beliche do quarto antigo de Nice, o outro quarto da casa. A irmã estudava em outra cidade. Os pés de Anna ficaram para fora da cama.

Elas continuaram conversando até cair de sono, Anna queria saber como era ter uma irmã. Apagaram entre reconfortantes assobios esparsos de um guarda noturno.

No domingo, na hora de ir embora, Nice, a mãe e o pai no portão, três crianças despedindo-se. Anna notou que Nice carregava com ela a vitrola colorida da infância.

UM RASCUNHO
DE LÊNIN

Ele era chamado de Rascunho de Lênin, ou apenas Rascunho, porque era uma versão plausível do homem que tinha olhos de aço e também era um militante marxista-leninista um pouco mais alucinado — era um posadista. Os trotskistas seguidores do argentino Juan Posadas acreditavam na revolução interplanetária.

Mas os olhos de aço de Rascunho que estudava Letras também derretiam por Anna Lupo, sem que ela se desse conta disso. Eles nunca se falaram, e talvez ela nunca tenha percebido que Rascunho existia.

Ele era tímido a ponto de ficar paralisado na frente dela, mesmo postado muito perto numa assembleia, perturbado pelo coração aos pulos e um tanto perdido quanto às proposições dos Irmãos Marques, dois libelus capazes de virar assembleias (muito diferentes entre si, um de pele muito escura, de indiano, e outro de pele muito branca de alguém que nunca viu o sol).

Eles eram brilhantes, ao contrário de Rascunho e seu camarada posadista Henrique Coelho, que eram zero em oratória. Coelho se tornaria, no futuro, um escritor de ficção científica muito conhecido no ramo, algo que, de algum jeito, tinha a ver com o passado posadista. Um de seus primeiros romances, *Marte Importa* (1984), já imaginava uma pandemia causada por um vírus mortal e a fuga de milionários e alguns revolucionários posadistas clandestinos para o planeta vermelho.

Só Henrique sabia da paixão de Rascunho. *Que droga*, Rascunho pensava, durante as aulas nas colmeias. *Não consigo lutar contra isso*. Era a primeira vez que caía por alguém, e Henrique tentava mostrar a ele que, neste caso, não haveria futuro.

Logo eles, que só pensavam no futuro, na revolução interplanetária. E Rascunho era o que era, uma cópia de Lênin (já então a múmia ruiva exposta há muito tempo em Moscou). Ele chegou a rabiscar um poema para Anna e quase o entregou ao vê-la sozinha num ponto de ônibus da Cidade Universitária. Mas aí Leonora passou por acaso com seu carro-tanque e ofereceu uma carona a ela.

102   ABAIXO A VIDA DURA

"AnnaLupoAnnaLupoAnnaLupo", ele se via repetindo do nada, para si mesmo, para mais ninguém, enquanto o ônibus contornava o caminho sinuoso do bosque da biologia. Ali, abria a janela para aspirar o perfume da noite. "AnnaLupoAnnaLupoAnnaLupo", ele murmurava até passar pela fonte e dobrar à direita, na direção da saída da USP, quando seu coração sempre apertava mais um pouco.

NAS PASSEATAS-
-RELÂMPAGO

Então, depois das férias daquele ano, vieram as passeatas-relâmpago.

A manifestação havia sido marcada para o Largo do Paissandu. Apregoando a lei da física segundo a qual dois corpos não conseguem ocupar o mesmo espaço, o coronel-secretário da Segurança Pública tomou o largo primeiro. Ao redor da tropa de choque, ficaram os curiosos, observando. E entre eles, infiltrados, os estudantes, que pediam em voz baixa: "Não dê comida aos animais."

A estratégia deles foi a seguinte: com hora marcada, grupos de estudantes partiram de cinco pontos diferentes na direção do largo. Mas ninguém esperava chegar até ele. Assim, desembestaram as primeiras passeatas-relâmpago, que disparavam palavras de ordem, eram saudadas com chuvas de papel picado que caíam dos prédios em torno e se dissolviam quando a tropa de choque, a cavalaria ou o que quer que fosse chegasse mais perto.

Isso provocou o caos no aparato policial. Pelotões de choque correram atrás de passeatas-relâmpago que pipocavam por toda parte. Assim que chegavam, elas já não existiam mais.

"Liberdade, liberdade", saíram gritando Moisés, Anna e Ivan pela avenida São João.

Ao ouvir as sirenes da polícia, eles dispersaram pelas ruas laterais. Viram a cavalaria atravessar a avenida de sabres em riste. Um cavalo caiu, e seu cavaleiro rolou para longe. Anna teve pena do cavalo, mas não do policial, que se levantou em seguida, ajudou o animal a se erguer e montou nele outra vez.

Não havia mais estudantes para reprimir, pelo menos não até outra esquina não muito distante, onde Tuco e Stela Vermelha puxaram outra passeata-relâmpago, agora aos gritos de "abaixo a ditadura". Nesta, cerca de cinquenta pessoas marcharam por alguns metros, sob chuvas de papel picado, até dispersar.

Mexerica e Daniel, os camaradas da física, também correram juntos da polícia, puxando aos gritos um grupo compacto e combativo.

Os Irmãos Marques dispararam juntos pela avenida, logo que a tropa seguiu em outra direção. Gritavam para os prédios e suas chuvas de papel: "Você aí parado/também é explorado." Dessa vez, um bando de loucos se juntou a eles, e o grupo esperou até o último segundo pela chegada de um novo pelotão de cavalaria. Daí jogaram no asfalto as rolhas que traziam no bolso, porque era assim que os manifestantes de 1968 faziam, além de levar vidrinhos de amônia para atenuar o efeito do gás lacrimogêneo.

Mas nenhum cavalo caiu dessa vez, e eles tiveram que correr a toda velocidade, ziguezagueando por ruas estreitas, fugindo dos sabres. E ao conseguir escapar e se agrupar novamente, os Irmãos Marques comentaram, sem muito alarde, "que tinham dado um nó nos cossacos".

E assim foi o dia inteiro.

O coronel-secretário da Segurança Pública comentou nos jornais: "Em quarenta e nove dias, nós tivemos sete manifestações de rua, uma a cada cinco dias. A polícia já está exausta, cansada de ficar vinte e quatro, mais vinte e quatro, mais vinte e quatro horas de prontidão porque elementos subversivos tentam a todo custo desobedecer a lei vigente, num desafio que está caracterizado como estado de guerra psicológica e até um prólogo de guerra subversiva."

A picardia estudantil tinha vencido mais essa.

O SOLDADO
DE LEON

Moisés e Julián foram vistos sentados juntos em frente ao gramado da ECA. Ainda nem era hora do futebol, e eles já confabulavam fazia tempo.

Moisés falava, Julián refletia e replicava. Nenhuma risada ali, apenas uma conversa quase dura, que foi ficando menos tensa à medida que as horas passavam. E foram horas, conforme quem transitasse por ali pôde constatar.

Os professores, os alunos, mesmo Hilton com seu violão escolheu um lugar no meio do gramado para acompanhar melhor. Moisés estava cooptando o líder do Grupo dos Amigos do Teatro, e aquela não era uma coisa que se pudesse perder.

Houve um momento em que Moisés esticou para Julián, discretamente, um papel dobrado com as letras azuis de um mimeógrafo: era o Manifesto da FIA-RI (Federação Internacional dos Artistas Revolucionários Independentes), assinado por Trótski, André Breton e Diego Rivera, mas escrito por Breton e Trótski em Coyoacán, 1938 (quando Trótski não estava cuidando dos coelhos e replantando cactos, cercado de jovens guarda-costas). O que eles queriam: "A independência da arte — para a revolução, a revolução — para a liberação definitiva da arte."

Era o que Julián iria estudar. Caso se tornasse um libelu, não teria que se submeter a nenhuma linha justa de partido. Mas teria que obedecer ao centralismo democrático mesmo assim, e teria que aparecer nas reuniões de *amic,* e encarar os stalinistas e gritar: "Aqui/estão/os soldados de Leon."

Parecia divertido para ele, tão hippie e, no fundo, tão sério, tão a fim de mudar de vida, mantendo apenas o tai chi chuan que praticava e o arroz integral que comia. Estava — e não queria admitir ainda — farto de Silvina e de seu talento teatral.

Também estava cansado do teatro. "Vá ao teatro", Moisés dizia a ele brincando, mas também a sério, "mas não me convide". Julián vivia esse tipo de contradição, e um dia, ao acompanhar a rápida passagem sorridente de Anna Lupo, caiu a ficha, e o sarcasmo

108 ABAIXO A VIDA DURA

que era sua bandeira deu um breque súbito. Julián também quis estar onde Anna Lupo estava.

Silvina ficou rondando a conversa de Moisés e Julián em voltas nervosas pelo prédio. Quando os dois terminaram e Julián meteu o manifesto da FIARI no bolso, parecendo mais aliviado, Silvina foi cobrar dele alguma explicação sobre o que estava acontecendo, e Julián despertou dos pensamentos a que se entregara, franziu o cenho, prendeu o cabelo de "calveludo" num rabo de cavalo e disse a ela, num gesto lânguido, carinhoso até, que não se preocupasse, porque iriam conversar mais tarde.

Silvina estranhou, pois na intimidade, ele não tinha nenhuma gentileza, muitas vezes era grosso, bruto.

ALGUMA COISA ESTAVA PARA ACONTECER

Um certo desentendimento, um desconforto, o mau humor de Celeste ao parar o carro de manhã e nenhuma vontade de encontrar pessoas. Ela permaneceu dentro do carro ligado, pensativa, olhando para a paisagem, o fim da rua com a Casa da Árvore, e, dito e feito, o pessoal não tinha deixado o pagamento dela sobre a mesa e não havia ninguém em casa. No entanto, o fato de não haver ninguém ali atenuava um pouco o problema, pois ela não estava mesmo a fim de ver ninguém, então ficavam elas por elas.

Celeste fez o serviço sem proferir nenhuma palavra: a limpeza, a comida da marmita de Aldo, a coisa toda, e ninguém apareceu.

No fim do expediente, ela foi para o quintal e acendeu um cigarro. Ficou observando a grande árvore e, quando deu por si, já estava conversando com ela.

Depois, fechou a casa, deixou a chave debaixo do tapete de entrada, pegou o carro e foi embora. Não estava melhor nem pior, mas compreendia que era só um dia ruim, em que nuvens negras se avolumavam no céu no caminho de casa. Ela fumou dentro do carro, foi soprando a fumaça para fora com toda calma do mundo, seguindo em frente pelas avenidas tortuosas de outro caminho que havia escolhido.

Naquele dia, Luiz tinha ido ao Hospital Universitário. Estava se sentindo péssimo. Lá, disseram que era uma gripe, e ele tomou uma injeção dolorosa. O tempo estava pesado, uma chuva forte estava para cair para os lados do Pico do Jaraguá, onde também pontificavam duas torres de alta tensão.

Max tinha sumido numa de suas visitas à praia. Dessa vez, ele parecia não querer voltar, mas alguma coisa o trouxe de volta, alguma coisa estava para acontecer. Ele chegou de noite e gostaria de ter ficado incomunicável, não fosse por Nice. Os dois, no entanto, não estavam querendo muito papo, e no final das contas, quando já era de madrugada, ele a abraçou por trás na cama e dormiu grudado no corpo dela.

Nuvens negras também na Cantareira, onde Tuco e Stela Vermelha decidiram conversar sobre o caso dela. Um pouco antes de começar, Tuco resolve que não quer ouvir mais nada e sai andando pela serra, rumo a lugar nenhum.

Da janela, Stela entendeu e foi fazer outra coisa. Acabou não fazendo nada e ficou à espera de Tuco, que demorou para voltar, e quando chegou, já era noite alta.

Silvina e Julián brigaram por um motivo banal. O que estava embutida era a futura militância de Julián. "Eu não nasci para amar um libelu", ela disse no final, cheia de drama, quando a discussão já não levava a lugar nenhum.

A sexta corda do violão de Hilton, a mais grossa, quebrou, chicoteou no ar. Ele ficou espantado, nunca tinha acontecido antes. De repente, ele teve a sensação de que alguma coisa estava mesmo para acontecer.

Anna Lupo deixou o apartamento de Ivan pensando que seria sua última vez no papel de amante. Ela concluiu que não dava mais, que estava sofrendo, e a chuva começou a cair, como sempre acontece quando estamos na pior e confundimos nossas lágrimas com ela.

112 ABAIXO A VIDA DURA

Ivan não entendeu nada, mas, apesar de não ter havido discussão, nenhuma palavra mais áspera, ele, que estava ocupado demais com as mulheres da sua vida, pensou que aquela seria, de qualquer maneira, uma semana complicada. Alguma coisa estava para acontecer.

A UNE

Em Belo Horizonte, o terceiro Encontro Nacional de Estudantes não aconteceu, foi duramente reprimido. Em 21 de setembro daquele ano, em uma nova tentativa na USP, o coronel-secretário da Segurança mandou cercar o *campus*, e os estudantes não conseguiram entrar.

A notícia de que o encontro fora transferido para a faculdade de medicina, em São Paulo, mobilizou o aparato policial para a frente da escola — brucutus, tropas de choque transportadas nos caminhões espinhas de peixe, camburões, carros de bombeiro munidos de canhões d'água para dispersar e jogar tinta nos manifestantes.

Durante o cerco na avenida Dr. Arnaldo, alguns estudantes foram presos, mesmo depois de um acordo com o coronel para que pudessem sair sem ser molestados.

114 ABAIXO A VIDA DURA

Delegados de outros estados conseguiram escapar usando aventais brancos emprestados dos estudantes de medicina. Aventais brancos que entravam e saíam disfarçados.

No dia seguinte, houve uma assembleia no salão Beta da PUC. A assembleia deu cobertura para o III ENE, que transcorria com setenta delegados de outros estados na sala de aula 225, no segundo andar do prédio novo da universidade.

Pareciam alunos em uma aula comum, com um professor à frente, na verdade, um estudante da Universidade Federal do Rio Grande do Sul que tinha cara de professor. Ali foi organizada uma comissão pró-UNE, que recolocaria de pé a União Nacional dos Estudantes.

Ivan, do Comitê Central da OSI, estava nessa reunião, na qual tudo aconteceu muito rápido, já que tiras disfarçados não paravam de passar pelo corredor.

O coronel-secretário da Segurança, que também havia tentado caçar Carlos Lamarca no interior em outra ocasião e fora enganado, dera outra vez com os burros n'água. Isso não ia sair barato.

Enquanto isso, a assembleia do salão Beta, alheia ao encontro, decidia por um ato público à noite, depois de uma grande discussão entre as tendências e uma virada dos oradores da Libelu (Stela Vermelha, os Irmãos Marques).

As lideranças ficaram de cabelo em pé: era repressão na certa, mas não havia o que fazer, a Libelu conseguira empurrar todo mundo para a frente. Temendo um massacre, a direção da PUC não permitiu que o ato fosse realizado no interior do teatro. Por isso, quando a noite chegasse, os estudantes, cerca de dois mil deles, estariam do lado de fora, na rua, em frente ao TUCA, gritando palavras de ordem.

Àquela altura, o rádio já teria noticiado a realização do III ENE proibido. Naquela mesma manhã, um representante do DCE-Livre da USP tinha ido à área livre entre os prédios da PUC para anunciar o começo da refundação da UNE. "A UNE somos nós/Nossa força e nossa voz", gritaram os estudantes.

Ivan estava logo atrás do cara do DCE. Anna Lupo passava pelo local na companhia de Nice. Stela Vermelha e os Irmãos Marques, e mesmo Moisés, bateram palmas, já sabendo de tudo desde o começo. Ivan, com as mãos na cintura, orgulhoso, não tirava os olhos de Anna, mas ela não olhava de volta.

O SONHO
DE ERASMO

Contam que Erasmo teve um sonho na noite anterior.

Ele estava num colégio de freiras, uma escola de moças, e era uma delas. Ele ainda tentava se acostumar com o uniforme, uma camisa branca de mangas curtas que deixava de fora seus braços peludos, que muito o envergonhavam; uma saia xadrez com pregas, que as meninas tinham o hábito de fazer subir um pouco mais — cada vez mais —; meias pretas e sapatilhas.

Elas estavam protestando no corredor naquele dia. Era por causa da comida do refeitório. Era uma droga, elas diziam. A senhora devia prová-la antes de fazer a gente comer, diziam para a madre superiora. Elas seguravam uma faixa cor-de-rosa em que se lia: "Não dê comida aos animais."

Erasmo achava que era uma palavra de ordem confusa, mas não estava ali para questionar as colegas. O uniforme, os braços, o buço que era praticamente um bigodinho branco: esses eram os seus problemas verdadeiros.

No centro do pátio, havia uma fonte, e perto da fonte, entre florzinhas amarelas vagabundas, vivia uma tartaruguinha que só ele conhecia. Vivia preocupado com ela também e se lembrava de ter aparecido um dia ali, à noite, quando a fonte já estava desligada, só para lhe dar uma folhinha de alface. E deu batidas alegres naquele pequeno casco só para testar a sua dureza.

Às vezes a tartaruga ficava de ponta-cabeça, e ele deixava que uma certa aflição tomasse conta dela antes de colocá-la em pé outra vez.

Ele também só pensava em sexo, mas era muito reprimido.

Naquele protesto, as meninas queimadas tomaram a vanguarda. Eram feias, assustadoras. Diziam que tinha sido a Inquisição, e ele ponderava sem alarde que a Inquisição já não existia mais. Não teria sido um incêndio? Mas qual?

A madre superiora tinha um perfil adunco. Por mais que tentasse não gostar dela, nem mesmo olhar para ela, para o seu rosto pálido, de olheiras azuladas, emoldurado pela touca do hábito, achava que tinha um olhar bondoso, apesar de severo. Portanto, era meio indelicado ficar gritando contra ela, como todas estavam fazendo naquele momento.

E mais: num gesto arrebatado, uma das meninas, por quem Erasmo nutria um amor quase sagrado, resolveu se atirar do terceiro andar, caindo no jardim da frente, para onde a manifestação tinha se encaminhado. O céu estava alto, branco e frio, e as meninas reunidas ao redor do corpo inerte ficaram em silêncio.

Erasmo, esquecendo os problemas por um momento, chorou.

Ele acordou com sua mulher ao lado, roncando baixinho. Sentiu grande ternura por ela, quase igual à que sentiu pela madre superiora, que, no entanto, havia lhe dado as costas, como se ele não merecesse nenhum carinho.

Erasmo se levantou, vestiu-se, olhando demoradamente para o espelho, não sem antes achar engraçado aquele sonho que parecera um pesadelo. Ajeitou a gravata preta, desceu para tomar o café, a casa ainda estava dormindo. Também ficou olhando um bom tempo para o topo do ovo cozido, em pé, na ponta dos seus dedos.

Um carro escuro parou diante da casa e esperou em silêncio. O motorista veio abrir a porta assim que Erasmo apareceu do nada, meio alheio a tudo. Era o dia da invasão da universidade, um dia bonito.

ALGUM TIPO
DE LOUCURA

Na noite de 22 de setembro, nem Moisés nem Ivan estavam no ato público em frente ao TUCA. Era uma questão de segurança, eles eram da direção. Mas Tuco, ele mesmo da segurança da OSI, decidiu ir para proteger Stela, que tinha virado a assembleia que decidira pelo ato, não tinha como não fazer parte da mesa naquela noite.

O astral já não estava bom desde o pôr do sol. Havia uma certa calmaria no ar, carros da polícia cercavam as ruas próximas, havia uma grande movimentação de tiras nos quarteirões dos arredores. Quem chegava à universidade só trazia notícias ruins.

Era uma noite fria, o céu estava limpo e algumas estrelas deram as caras com seu brilho indiferente. Alguma coisa estava para acontecer, ninguém tinha dúvida, mas os estudantes sentados no asfalto estavam ali para comemorar uma vitória, a UNE renasceria das cinzas. Tuco apertava com força o punho fechado, preparado para uma briga, sem jamais tirar os olhos de Stela. Ela ia começar a sua fala.

Anna Lupo estava junto de Nice, que estava de mãos dadas com Max, que parecia tranquilo, mas, no fundo, não estava nada normal, sentia-se um peixe fora d'água.

Os estudantes tentavam sustentar aquela ideia de júbilo na atmosfera tensa. Havia dois mil deles ali, e um número um pouco maior de policiais nas cercanias. Notavam-se tiras por toda parte, inclusive no meio dos estudantes: aquele sujeito ali que queria parecer jovem, aquele outro com pinta de jovem delegado, aquele ali com a mão dentro do casaco.

Se olhassem para o alto da rua, teriam visto a tropa de choque já perfilada. Mas ninguém queria ver, porque às vezes é a força do destino, o inevitável que nos comanda.

Luiz ficou um pouco mais afastado. Observava tudo com o coração pesado. Usava sandálias franciscanas no frio, era o máximo que conseguia calçar naquela noite. Uma aragem fresca circulava entre as cabeças e congelava seus pés, embora ele dissesse que não sentia frio, e foi o que ele disse para a menina ao lado.

Na sequência, os estudantes leram em uníssono uma "carta à população" que falava da volta da UNE e do encontro secreto daquela manhã. Gritaram "U-NE! U-NE! U-NE!", no ritmo das palmas.

Mas não durou nem quinze minutos. Perto das 22 horas, um movimento estranho começou nas fileiras de trás. Os ratos disfarçados sacaram os cassetetes de dentro das japonas e passaram a espancar quem estivesse por perto. A tempestade tinha chegado aos gritos.

Os tiras batiam e berravam. Bombas estouraram na direção da mesa, que foi dissolvida na marra, e os estudantes começaram a fugir para dentro da universidade, na certeza de que ela não seria invadida.

Eles se atropelaram, alguns foram pisoteados, e mais bombas foram atiradas na multidão. O coronel-secretário da Segurança diria, depois, que elas eram de efeito moral, ou seja, estouravam, mas não machucavam. Teve que explicar como é que alguns estudantes foram queimados depois das explosões.

A tropa de choque veio descendo a rua.

Luiz, que parecia atarantado na correria que se seguiu e que não havia se movido até então — congelado entre quem tentava escapar dos cassetetes, do gás lacrimogênio e das bombas —, virou-se na direção contrária e, em meio ao tumulto, iluminado por algum tipo de loucura, começou a caminhar ao encontro da tropa que descia a rua, brandindo os cassetetes nos escudos, em marcha robótica.

E foi assim que ele atravessou, incólume, no meio da tropa. E percebeu o quanto os soldados estavam dopados, os olhos vidrados, cheirando a álcool. Ele atravessou no meio dos soldados como se fosse invisível e terminou o trajeto ileso, sem nem olhar para trás, para os gritos e as bombas que continuaram estourando às suas costas, de forma que ele só pôde seguir em frente, não havia nada mais que pudesse fazer com as pernas, a não ser não parar de caminhar.

E assim, ele não parou mais até estar em casa, já de manhã, sem saber direito como tinha conseguido chegar lá.

FUGA PELO TELHADO

Estudantes foram espancados, pisoteados e queimados antes de conseguir refúgio na universidade, e as bombas continuaram explodindo, bombas de fósforo, bombas que estouravam lançando fragmentos de plástico, bombas tóxicas e inflamáveis, que chegaram a incendiar a copa de algumas palmeiras.

Sob golpes de cassetetes, alguns elétricos, todo mundo foi empurrado para dentro do prédio. Vânia, a camarada da biologia, caiu na rampa que dava acesso a ele.

Mexerica caiu sobre Vânia, e outro estudante tombou sobre ele. Mesmo assim, os três conseguiram escapar. Tuco se interpôs entre um tira e Stela, levou algumas cacetadas nas costas, mas ele tinha as costas tão largas que foi encobrindo Stela até a correria dos outros conduzi-los para fora do alcance das bombas e dos tiras.

Anna caiu sobre as próprias mãos na rampa e não conseguia se levantar. Do chão, viu o fogo tomar conta das pernas de uma menina, que nem sequer gritava, apenas olhava para as chamas, da forma que faria com um acontecimento maravilhoso. Anna conseguiu ficar de joelhos, mas não de pé, entre corpos que desviavam do seu.

Ainda mais bombas. Foi quando a mão providencial de alguém a ergueu do chão num só golpe e a arrastou no meio da multidão, abrindo espaço com essa velocidade inaudita que às vezes nos salva nos sonhos.

Ela foi levada por essa mão invisível, sem se dar conta de que alguém a salvava como que na velocidade da luz.

Nunca saberia de quem se tratava e, em certo momento, percebeu que corria sozinha, até se esconder numa sala escura que parecia lotada de outras respirações.

Com um dos Irmãos Marques à frente, o de aparência mais frágil, o que não conseguiu ficar longe da encrenca porque talvez tivesse alguém para cuidar, embora estivesse sozinho assim que começara a confusão, Tuco e Stela conseguiram alcançar os fundos da PUC, entraram numa viela, pularam o muro, subiram no telhado de uma casa e se esconderam na caixa-d'água vazia.

Ficaram agachados ali dentro, ouvindo apenas os gritos e o estouro das bombas, as mãos de Stela desaparecidas entre as manoplas de Tuco, tremendo, batendo os dentes de frio e de medo.

A madrugada chegou com os barulhos extintos, eles foram descendo devagar, e de uma das casas, a que tinha uma luz ainda acesa, uma mulher de penhoar fez "psiu!" e esticou o indicador entre os lábios. Em seguida, levou os três para dentro da cozinha dessa casa, onde um homem de pijama acabava de passar um café.

Ele os tranquilizou, todos se sentaram e ficaram conversando em voz baixa até os primeiros raios de sol entrarem pelo vitrô. Ninguém sabia ainda muito bem o que tinha acontecido, mas o homem colocou um radinho de pilha no ouvido e repetiu para eles as primeiras notícias da manhã: todo mundo que fora pego na PUC havia sido preso.

Eles, então, ficaram em silêncio, e o rádio foi depositado no centro da mesa, cercado de xícaras vazias. Ficou tocando uma musiquinha qualquer.

O homem subiu para se vestir, depois espiou na frente da vila e disse que eles poderiam sair. Eles se cumprimentaram, mas Stela voltou para abraçar a mulher — que cruzava as pontas de um roupão e ficou espremida dentro dele — e dar um beijo no rosto do homem recém-barbeado que cheirava a água de colônia.

UMA FILA INDIANA, UM CORREDOR POLONÊS

A POLÍCIA invadir a universidade foi algo inesperado, uma selvageria, uma brutalidade, um estupro coletivo, embora a ditadura ainda continuasse torturando nos porões.

A tropa de choque surgiu nos corredores com sua marcha robótica avassaladora, batendo os cassetetes nos escudos. Os policiais estavam dopados, porque tinham atravessado os dias em prontidão.

Muita gente havia se refugiado nas salas de aula. Numa delas, empregadas domésticas faziam o curso noturno de alfabetização do Mobral. Os policiais entraram chutando a porta e acuaram as moças num canto, gritando e batendo os cassetetes nas carteiras. Elas choravam.

Alguns estudantes ensaiavam num coral quando foram presos aos gritos e pontapés.

Várias salas foram destruídas, havia marcas de solas de sapato e patas nas portas e nas paredes, e inscrições do CCC, o Comando de Caça aos Comunistas, que deve ter sido convidado para a farra.

Móveis arrebentados por toda parte, pilhas de papel rasgado ainda esvoaçante se acomodando depois da passagem dos bárbaros. Alguns estudantes tentaram se esconder num buraco do teto. O último a sustentá-los no ombro foi espancado e preso, assim como os outros, obrigados a descer.

O que os policiais encontraram pela frente foi destruído, ao som da marcha robótica.

No fim, uma fila indiana interminável de estudantes, professores e funcionários — qualquer ser humano que por ventura estivesse dando bobeira dentro da universidade — foi esgueirando-se para fora do prédio, de mãos dadas, passando debaixo de pancada pelo corredor polonês da polícia, contornando entre labaredas quase extintas das bombas incendiárias e até mesmo tangenciando a figura sombria do coronel-secretário da Segurança, que, de braços cruzados e cara de cão, acompanhava o movimento.

Quem diminuía o ritmo era espancado. Garotos cabeludos e barbudos eram espancados de qualquer maneira. As meninas engoliam o choro e se encolhiam com a cabeça exposta aos cassetetes. Quem estivesse ferido que acelerasse o passo.

Foram todos levados para o estacionamento em frente, mesmo as meninas que haviam sido queimadas com as bombas de fósforo branco misturado com querosene e fragmentos de plástico. Ali, eles se sentaram no cascalho molhado e esperaram pelos ônibus que os levaria presos. Antes, foram submetidos a uma triagem. Eram mais de mil. Os dedos-duros presentes ajudaram a identificar as lideranças.

A propósito das queimaduras causadas pelas bombas, o coronel-secretário da Segurança Pública declarou: "Ali a rua é muito pequena, a Monte Alegre é muito estreita, e mulher não sabe fugir. Mulher usa calcinha e sutiã de nylon, a fumaça do gás lacrimogêneo é quente pra burro. Resultado: queimou lá umas sete, oito meninas."

Depois, ele escorraçou os repórteres aos berros. Ainda se respirava o gás lacrimogênio parado no ar.

ATRASADO

ALDO FRITOU dois ovos e jantou. Ele passava um naco de pão na última gema quando reparou que sua perna esquerda não parava quieta, um movimento involuntário ao qual nunca tinha prestado atenção. Também notou as unhas encardidas pela graxa e as rachaduras enegrecidas que mapeavam a palma da sua mão.

Respirou fundo, apoiou os cotovelos na mesa e ficou pensando sobre nada, apesar da inquietude. Também olhava para fora, onde o vento da noite fria balançava de leve os galhos da figueira e fazia farfalhar as folhas. Tudo, apesar do vento, estava calmo, até que, na sequência, percebeu que mesmo o vento havia silenciado. Tudo ficou parado, o ar da noite, os ruídos da vizinhança.

Ele saiu da cozinha e foi para o relento com uma caneca de café. Ficou de cócoras ao lado da grande árvore, agora muito quieta, a silhueta escura contra o céu azul mais estrelado do que costumava ser. A brancura da lua cintilava, ele jogou o resto de café na terra, lembrou que jamais tomava café à noite e, temendo não conseguir dormir, tendo que trabalhar no dia seguinte, uma sexta-feira, resolveu trancar tudo e ir até a PUC.

Parte da inquietude tinha a ver com a casa vazia. Ela nunca ficava vazia. E mesmo a grande árvore que parecia cuidar da sua proteção agora estava inerte. Era a Casa da Árvore porque a casa pertencia à árvore, à sua sombra benéfica, mas naquela noite a sombra se confundia com o escuro, e mesmo os cachorros não latiam, pareciam encolhidos em seus cantos, e talvez uma coruja tenha fechado os olhos imensos que sempre permaneciam abertos em seu ninho.

Não era tão tarde, e como Aldo sabia que todo mundo tinha ido para a PUC naquela noite, apesar do perigo que eram favas contadas, o instinto de proteção, uma coisa paterna que o seu espírito de homem sério não conseguia evitar, apesar de temerário, o fez tomar o ônibus e depois outro ônibus e outro ônibus na direção de Perdizes.

Era tudo o que ele *não* deveria fazer, mas era melhor do que ficar sozinho em casa com uma perna indômita e a sensação de que alguma coisa estava para acontecer. Ele só conseguiu chegar à PUC bem depois das 22 horas.

Chegou atrasado e só pegou o rescaldo da guerra. Nas ruas próximas, viaturas da polícia passavam a mil, com as sirenes ligadas. Ele pensou em chegar mais perto. No entanto, quanto mais se aproximava, mais percebia que era o fim. Alguma coisa tinha acontecido, afinal.

Ele parou num boteco e pediu um conhaque. Ficou bebendo enquanto as Veraneios passavam, gritando. O balconista tinha um olhar sombrio e, de fato, não demorou para baixar a porta corrediça com dois ou três gatos-pingados lá dentro. Aldo pagou e foi embora. O homem abriu a porta para ele de má vontade.

Demorou para chegar em casa, as ruas estavam mais desertas àquela hora. E a visão da casa à distância parecia ainda mais lúgubre. A sombra da árvore a cobria por inteiro.

Era provável que não conseguisse dormir mais, pensando no que poderia ter acontecido, onde estaria todo mundo. A noite continuava silenciosa quando ele se deitou sem nem tirar os sapatos. Estava um pouco bêbado também, e o mundo girava com uma certa leviandade, indiferente a seus temores.

134 ABAIXO A VIDA DURA

Estava preocupado com o pessoal que não voltava e, de repente, olhou para o relógio e já era de madrugada. Foi num piscar de olhos que os fechou e abriu na mesma posição em que havia encostado a cabeça no travesseiro, os pés para fora do colchão, expirando de repente, saindo de um sufocamento, os olhos bem abertos.

Uma chave girou na fechadura da porta da frente, e ele foi ver quem era. A porta se abriu, e Luiz entrou junto com a luz do dia.

O QUE O ANJO VIU

ACONTECE QUE o anjo da guarda de Nice, deixando tarde a cidade do interior onde preferia ficar acantonado, e encontrando nuvens turbulentas no meio do caminho, acabou atrasando-se também.

Era um desses anjos comuns, mais para burocrata, nem alegre nem triste, parecido com um guarda noturno zeloso a soprar seu apito pela noite, dando voltas de bicicleta e fazendo todo mundo dormir em paz. Suas asas não eram brancas nem pretas, apenas o cabelo era comprido, e o espírito, contemplativo, igual a todos os anjos.

Era um anjo que gostava de ver e ouvir sem ser visto, usava uma túnica fora de moda e era assexuado, igual a todos os outros. Esse aspecto, porém, não provocava nenhuma revolta nele — ao contrário, dava-lhe a agradável sensação de que não tinha mais nada com o que se preocupar.

Gostava de Nice. Divertia-se com ela. Só achava meio maçante ela ter se mudado para São Paulo. Com tantos aviões de carreira cruzando o céu da cidade o tempo todo, preferia a atmosfera mais plácida do interior, onde gaviões e outros predadores não o incomodavam.

Gostava dessa vida que não era dura e conseguira convencer as altas esferas sobre a permanência no posto antigo com a oferta de também guardar os pais pequeninos de Nice. Notava que, às vezes, a mãe se incomodava com sua presença invisível, tentando espantar alguma coisa que rondava sua cabeça com a impertinência de uma asa de inseto. Eram as penas do anjo que, de asas abertas, roçava seus ouvidos.

O panorama que o anjo encontrou no estacionamento da PUC era espantoso. De cara, ele percebeu que eram despojos de uma batalha que já havia terminado.

Mais de mil pessoas jaziam sentadas no cascalho, abatidas, algumas feridas, ouvindo xingamentos dos cães de guarda da ditadura. O anjo não se dava bem com cães de guarda, que, para ele, eram imprevisíveis, sempre erguiam as orelhas para revelar sua presença aos donos.

Esses cães de guarda do estacionamento eram homens que às vezes distribuíam tapas em garotos cabeludos e provocavam as meninas de cabeça escondida entre os joelhos.

No meio daquela cena desoladora, ele encontrou Nice. Ela estava sentada no meio da multidão, ao lado de Max. O anjo ficou mais tranquilo. Ela não parecia ferida e estava do lado de uma pessoa a quem ele confiaria o próprio trabalho.

Ninguém ali falava, era estranho. Quando um garoto barbudo tentou acalmar uma menina que chorava, o coronel-secretário da Segurança Pública, que rondava por ali, disse o seguinte: "É proibido falar! Só quem fala aqui sou eu!" E ninguém falou mais nada.

O anjo continuou observando o cão de guarda mor. Chegou a soprar no ouvido dele: "Conheço você, esse teu cheiro de enxofre." O coronel-secretário da Segurança Pública espantou o incômodo inseto invisível com um gesto brusco antes de se apressar na direção da reitora da universidade, que entrava no estacionamento acompanhada do vice-reitor. Ela segurava com as duas as mãos a alça da bolsa a tiracolo, pois sabia que penetrava um ambiente hostil.

138 ABAIXO A VIDA DURA

O coronel-secretário chegou a tempo de lhe estender a mão. Antes, observou seu perfil adunco, e isso o fez se lembrar da madre superiora que aparecera no sonho. Tomou isso como um sinal de mau agouro, e tanto é verdade que, ao estender a mão para a mulher, ela, percebendo de quem se tratava, virou as costas e disse: "Não dou a mão a assassinos." E foi dar ouvidos aos estudantes sentados no cascalho do estacionamento.

O coronel permaneceu um instante com a mão no ar, e depois, em vez de explodir de raiva, o que naturalmente faria, ele, enrubescido, com o rabo entre as pernas, foi tratar de outros assuntos.

Isso tudo viu o anjo.

A GRAVIDEZ

CHORANDO, SENTADA no cascalho molhado do estacionamento, Anna Lupo chamava pela mãe com a cabeça entre os joelhos, os olhos fechados, o queixo encostado no peito, sussurrando, para que ninguém ouvisse.

Alguém, então, começou a afagar seus cabelos até que se acalmasse. Ela não abriu os olhos para saber quem era, apenas seguiu com seu mantra, agora mais baixo, ainda dentro do escuro dos olhos: "Mãe, mãe, mãe." E tremia. O coronel-secretário da Segurança Pública ia e vinha, esmigalhando o cascalho perto de onde ela estava, agora mais puto porque caíra a ficha de que a reitora tinha virado as costas para ele.

Nos cabelos de Anna, os afagos vinham dos dedos de uma pessoa que ela não conhecia, mas que estava logo atrás dela, disfarçando o gesto para que os tiras não percebessem, muito menos o coronel. Era a mão de Rascunho, o Rascunho de Lênin, e aqueles foram

140 ABAIXO A VIDA DURA

os únicos instantes em que estiveram próximos em toda a vida.

Também fora dele a mão invisível que a salvara quando esteve caída na rampa. Ela nunca soube de nada, nunca notou a presença de Rascunho.

De pé para a triagem dos tiras e dos dedos-duros, ela viu que usava apenas um pé de sapato, o outro havia se perdido. Eram botas da sua mãe, trazidas da Itália. Não sabia como fora capaz de perder uma bota. Também viu que um dos joelhos sangrava. Tinha sido tudo muito violento mesmo.

Hilton, cabisbaixo, aguardava na fila logo atrás de Max e Nice, que continuavam de mãos dadas do jeito que dava. Hilton sempre acabava mal nas mãos de qualquer policial, e mesmo assim tinha ido até a PUC naquela noite em que havia mais tiras do que gente.

Não muito longe dali, um zunzunzum fora de compasso desafiou o silêncio imposto pelo coronel. Silvina, a mulher do Grupo dos Amigos do Teatro, acabava de convencer um policial de que estava grávida e precisava ir embora, senão era capaz de abortar ali mesmo. Fez isso com uma dramaticidade impressionante, o que só reforçava suas qualidades de atriz, ainda que o Grupo parecesse não dar muita bola para o teatro. Então, o que parecia improvável aconteceu: Silvina foi embora e deixou o marido sozinho na fila.

Isso fez com que Anna, ao acompanhar a cena, ancorasse de volta, bem no fundo da cabeça, o pensamento que a atormentava desde o dia anterior, o dia da descoberta.

Pensou uma vez mais que estava grávida, grávida de verdade. E que se fosse de fato uma boa estudante de teatro, teria se safado do desastre da mesma forma que a mulher louca do Julián.

CARÔMETRO

Os ÔNIBUS — eram muitos — foram levando os presos para o batalhão Tobias de Aguiar, na avenida Tiradentes. A viagem pareceu mais longa do que era na realidade. Os ônibus davam voltas para confundir os estudantes e para não chamar atenção.

Chegando ao batalhão, os meninos eram levados para um cercadinho ao relento, e as meninas, para uma área coberta. Ao lado do cercadinho dos meninos havia outro, em que ficavam os policiais que iriam para a rua a fim de pegar mais estudantes. Estranhamente, estes também não eram bem tratados.

Todo mundo teve que responder a um questionário com perguntas do tipo: "Você pertence a alguma organização estudantil? Qual?" Ninguém pertencia a nenhuma organização. Em seguida, foram fotografados com números na lapela e fichados. Embaixo das fotografias, nome completo e RG.

Muitos anos depois, essas fichas vieram a público, e muita gente se reconheceu nelas com a sua mais perfeita cara de susto aos 20 anos.

Talvez Anna Lupo Silva tenha visto seu rosto naquela noite: era de uma beleza quase convulsiva. Se viu a foto, lembrou-se da gravidez.

Depois, os líderes reconhecidos pelos dedos-duros foram encaminhados para o DOPS. Anna viu Moisés sendo levado pelo braço, a cabeça altiva e uma certa acidez pálida no olhar, isso até encontrar o olhar dela, quando, então, se dissolveu e ficou brilhante outra vez.

Hilton fora arrastado de um lado para o outro depois de tomar um tapa na cara de um delegado impaciente.

Mexerica, Vânia e Daniel (cujo nome real não apareceu na ficha) jogavam palitinho com outros estudantes. Eles não tinham mais o que fazer, e foi o que um delegado mais atarefado perguntou a eles de passagem: "Vocês não têm mais o que fazer?" E ameaçou, já no fundo do corredor. "Quem sabe lá no porão a gente não encontra alguma coisa para ocupar vocês." O porão era para onde ia a liderança estudantil antes de seguir para o DOPS.

Ali, as meninas tinham que fazer um número quatro de bêbados com as pernas e aguentar nessa posição até segunda ordem, enquanto eram interrogadas aos gritos. Os meninos levavam uns tabefes caso abrissem o bico antes da hora e também eram obrigados a fazer o quatro, só que por um tempo ainda maior, senão apanhavam um pouco mais.

O jogo de palitinho não acabou. Ao contrário, foi de vento em popa, e houve um momento em que um conhecido dedo-duro da física, que se encontrava ali a trabalho, mas louco para entrar na jogada, aproximou-se de Mexerica e amigos já com alguns palitos na mão. Foi duramente rechaçado.

Sentada no chão, depois do questionário e da foto para o carômetro da polícia (era esse o nome do fichário), com o joelho ferido à mostra, Anna viu uma delegada jovem chegar perto, agachar-se, conferir o ferimento, sair e voltar com algodão, mercúrio cromo e Band-Aid para tratar dele. Fez isso sem dizer nada, a não ser perguntar pela bota que estava faltando.

Depois levou Anna até um canto e disse para ela pegar o corredor em frente e ir embora. Só isso. Perguntou onde ela morava e lhe deu algum dinheiro escondido. Não parecia real, parecia uma cilada, mas que cilada seria aquela? Anna foi mancando pelo corredor até encontrar a porta de saída, que simplesmente se abriu e deixou entrar a luz do sol. Estava mesmo livre.

Do lado de fora, já havia outros estudantes que tinham sido resgatados por suas mães verdadeiras ou postiças (diante da exigência de que os pais ou responsáveis fossem buscar os filhos no batalhão, uma comissão de mães, que já existia desde que os estudantes haviam voltado para as ruas, emprestou algumas delas para quem não tinha pais nem responsáveis para levá-los embora).

Anna entrou no táxi sozinha. O motorista fez que não viu o sapato que estava faltando, o joelho machucado e a sua beleza agora cansada, mas calma.

Antes, ela havia encontrado Max, que esperava a saída de Nice, sem que Anna soubesse onde é que ela estava. O anjo da guarda também esperava, encostado no capô do carro de um policial, fumando o seu cigarro provavelmente composto de nuvem. Estava meio que supervisionando o trabalho de Max e não tinha pressa. Diante dele, a eternidade.

PESSOAS BOAS DESTE MUNDO

Parece que Bici escutou o pedido de ajuda de Anna.

O fato é que, desde o meio-dia daquele 22 de setembro, Bici fora tomada por um enorme desassossego. Andava de um lado para o outro no restaurante, não conseguia ficar quieta. Isso perturbou o trabalho de Valdemar, do garçom e do auxiliar de cozinheiro.

Valdemar sabia ler o olhar aflito da mulher, e mesmo quem estava por perto, os funcionários, os fregueses, todos de vez em quando, e não ao mesmo tempo, procuravam o olhar claro de Bici. Se os olhos estivessem mais escuros, é porque havia alguma coisa errada. Era uma mudança súbita de tempo.

Um passarinho entrou no restaurante e começou a bater no teto e nas paredes, tentando escapar. Bici ficou arrepiada com o ruflar desesperado daquelas asas. E morreu de pena ao vê-lo se precipitar contra uma das vidraças, bater nela e cair no chão. Ela o recolheu ainda vivo, ele agonizou aninhado entre suas mãos, esticando a pata num esgar quase imperceptível, até o coração parar.

Para Bici, fora um sinal de mau agouro. Ao ouvir o chamado da filha, o que dizem que ela ouviu, Bici ficou paralisada. Estava assistindo à televisão com desatenção ao lado de Valdemar. Ele segurou a mão dela, e o tempo parou. Não que tenha aparecido alguma notícia na TV. Era alguma coisa lá dentro dizendo que nada estava bem, o coração de Anna também batia mais rápido naquele instante.

E por isso, Bici não dormiu naquela noite, e durante a madrugada, Valdemar acordou também, e eles ficaram sentados na cama, esperando algum movimento do exterior, uma porta de alívio que abrisse, e nada aconteceu até as primeiras horas do dia.

Eles mal conseguiram engolir o café, e Valdemar já estava prestes a pegar um táxi para ir até a PUC quando o táxi que trazia Anna parou na frente da casa e Anna saiu dele com seu joelho ferido e um só pé de sapato, a irmã da bota perdida que pertencera a

Bici, que veio correndo lá de dentro e se atirou sobre a filha.

Valdemar ficou parado no vão da porta com cara de bobo, sem saber o que falar, e no final das contas, foi só o que ele conseguiu dizer: "Isto são horas, filha?"

Anna começou a contar tudo o que havia acontecido com ela e seus amigos e todos os estudantes na frente da PUC e dentro da universidade, os professores, as moças do Mobral que choravam no estacionamento e alguém dizia: "Não chora."

Só parou um instante ao chegar na parte do cascalho úmido, da espera pelo ônibus e das histórias de gravidez, a falsa e a verdadeira. Pulou essa parte, não contou sobre a interpretação magnífica de Silvina, porque isso levaria direto ao que estava ancorado dentro da sua cabeça.

Contou sobre a delegada anônima que tratara da sua ferida e lhe dera dinheiro para o táxi. Bici ficou um pouco pensativa. "Quem será ela?", perguntou. "Um anjo da guarda?", perguntou a filha, com a voz cansada, e bocejou. "Não, uma pessoa boa deste mundo: nem todas as mulheres são capazes de tanta crueldade com crianças de 20 anos." Anna se lembrou de alguém que a levara pela mão e que afagara seus cabelos no pior momento. Tinha certeza de que eram as mãos da mesma pessoa.

Bici abraçou de novo a filha, deu-lhe de comer e a levou para a cama. Ela dormiu até o fim daquele dia. Nunca soube quem foram aquelas pessoas boas, mas muitos anos depois, ainda pensava nelas. Pensava até no rosto invisível do Rascunho de Lênin, tentando materializá-lo.

NA PILHA
DAS COISAS
PERDIDAS

As SOBRAS DA praça de guerra foram empilhadas na frente da PUC. Era uma pilha enorme de coisas perdidas: sapatos, bolsas, documentos. A bota de Anna Lupo estava escondida na base da pirâmide, mas ela nunca voltou lá para resgatá-la. Alguns estudantes, no entanto, apareceram no dia seguinte para recuperar seus objetos.

Puderam ver o interior da universidade vandalizado, violentado, marcado pelos cassetetes e patas de policiais dopados, agentes infiltrados e militantes do CCC. Para alguns, os berros do coronel-secretário da Segurança Pública ainda ecoavam perto do estacionamento — por vezes, foram ampliados num megafone.

Quatro das meninas queimadas pelas bombas estavam no hospital.

Uma delas, militante da Liga Operária, foi ameaçada assim que a noite caiu e os corredores da enfermaria ficariam vazios. Agentes do DOPS entraram no quarto onde ela estava sozinha, a perna enfaixada; o braço também, na altura do cotovelo.

Ela levou o braço ao rosto assim que os viu, para fazer os agentes sumirem de vista. Eles vieram interrogá-la sobre os colegas que eram da UNE ressuscitada, do DCE, do PC. Como se recusasse a dedá-los, os agentes ameaçaram levá-la para outro hospital, onde poderiam "cuidar melhor dela, com um chá de sumiço".

Esse terror se prolongou por três meses, o tempo em que ela ficou internada, entre a vida e a morte, com queimaduras de terceiro grau e infecções causadas pelas bombas de fósforo branco misturado com querosene. Foram cinco operações e catorze dias sem falar, e mesmo assim, os agentes do DOPS não deixaram de visitá-la nenhum dia.

No final das contas, a selvageria pegou mal para o coronel-secretário. Ele pertencia à linha dura do exército, que era contra qualquer cessão de liberdade.

152 ABAIXO A VIDA DURA

O que ele fez, além de obedecer às ordens superiores, foi uma vingança pessoal contra as diatribes dos estudantes e também contra a PUC, que se abrira para esses estudantes.

Igual a todo cão de guarda, latiu mais do que o necessário. A frase dita para a imprensa a respeito das peças íntimas das moças, cujo nylon se incendiara por causa do calor, também refletia o sonho de Erasmo na noite anterior, em que ele aparecia travestido de menina, incomodado com as roupas de baixo.

E a afronta da reitora da universidade — "Não dou a mão para assassinos" —, que era a encarnação da madre superiora do sonho, jamais seria esquecida, mesmo quando ele foi eleito e reeleito deputado, com seus latidos e caretas de Hitler velho exalando enxofre na televisão.

O FOGO EXTINTO, O AZUL DA FUMAÇA DAS BRASAS MORTAS

Stela se lembrou de como Tuco tentou acalmá-la na fuga da PUC, dentro da caixa-d'água. Só agora ela conseguia rir das lorotas que ele inventara sobre as estrelas que cintilavam no céu, a constelação do Cão Maior, "aquela ali", logo acima do "Cão Menor", "filho dela", e Andrômeda, "a princesa da Etiópia", filha de Cassiopeia, "a Rainha da Etiópia", que tinha acordado num dia ruim e por isso não brilhava muito naquela noite; Antlia, que queria dizer "máquina pneumática", ou aquela outra, "Ave-do-Paraíso; "o Cocheiro", "a Girafa", "o Compasso", "a Pomba", logo ali, Coma Berenices, "a Cabeleireira de Berenice", "o Corvo", "o Cisne", "o Peixe-Dourado", 'o

Relógio", "a Lebre", Musca, "a Mosca", "o Caçador Mítico", a Ursa Maior e a Ursa Menor, Vulpecula, "a Raposa", Argo Navis, Carina, Puppis, e a história de que Plutão, o planeta mais distante, sentia-se tão sozinho que dava dó, vivia no escuro, não era bem visto, não se sentia um planeta completo (o que, no futuro, seria dito e feito).

Depois de tudo isso que inventou, dizia apenas: "Não chora." *E foi muito doce da parte dele cuidar de mim assim*, ela pensou.

Estavam na Cantareira, os grilos e as cigarras enlouqueciam e ao mesmo tempo acalmavam a noite com seu canto persistente.

"Quando será que eles param?", ela perguntou.

"Nunca pensei nisso", ele respondeu. Estavam pelados na cama, debaixo de um edredom muito velho a que Tuco dava muito valor, pois sua mãe dizia que ele tinha nascido sobre ele em outra casa, em outra vida.

Eles acabaram dormindo assim mesmo, do jeito que estavam, mas os pensamentos inquietantes não paravam de dançar na frente deles, o trauma da noite anterior, toda a violência, a violação, a perda da inocência da nossa geração, Tuco tinha dito.

Imagens terríveis dançavam ao redor dos dois, bombas e fogo, berros animalescos, urros e olhos ejetados, pedidos de socorro de meninas queimadas, pessoas desmaiadas na rampa, o choque dos cassetetes nos escudos, ritmando a tomada dos corredores, os rapazes arrastados pelos cabelos, moças pisoteadas, e papéis ainda planando no espaço logo depois da passagem dos bárbaros, o rastro de destruição.

E os gritos dos amigos e camaradas, não dava para esquecer isso. No entanto, pensava Tuco, era para comemorar uma vitória, era a refundação da UNE o que tinha acontecido naquela manhã, e para ele foi mais fácil dormir com os barulhos da mata ao redor. Afinal, ele era o Mujique.

Mas os dias seguintes foram de solidão. Eles ficaram em silêncio, cada um na sua, não escutaram música nem leram livros ao relento. Comeram apenas quando sentiram muita fome, e sempre tarde da noite. Depois, ao final de um dia, prostrado diante da lareira, Tuco acabou dormindo ali mesmo, acordando no meio da madrugada com o fogo extinto, o azul da fumaça das brasas mortas. Tuco voltou a apagar por ali mesmo, e só foi se tocar da ausência de Stela quando o sol já ia alto.

156 ABAIXO A VIDA DURA

Em um instante decisivo, ela havia pulado a janela do quarto com a roupa do corpo, pegara a estradinha que ia dar num ponto de táxi lá embaixo e teve a sorte de encontrar um motorista dorminhoco que topou levá-la para longe dali.

CAMARADA EDUARDO

Luiz foi para Minas. Não só a invasão da PUC tinha sido o maior desastre da sua vida até então (e atravessar no meio da tropa que marchava era algo que ele ainda não compreendia direito, entre o medo e o destemor, a invisibilidade e o corpo físico, a morte e a imortalidade), também uma doença repentina da mãe, que estava no hospital, levava-o de volta para casa por tempo indeterminado. De qualquer forma, alguma coisa tinha morrido.

Assim que desceu do ônibus feito um estrangeiro, recuperou a visão do Morro da Graça, a primeira paisagem da sua infância.

Nesse momento, achou que era bom estar de volta. O Morro continuava no mesmo lugar, embora a especulação das companhias mineradoras da região

158 *ABAIXO A VIDA DURA*

estivesse chegando cada vez mais perto dele. Na verdade, já mastigava sua parte de trás, sem que Luiz tivesse se dado conta, mas isso levaria anos de trituramento e escavação — o que ele via agora era o Morro da Graça ainda em pé.

Luiz foi direto para o hospital e encontrou a mãe um pouco pálida, com o pai totalmente desprotegido na cabeceira da cama, segurando a mão dela. Ela estava melhor do que ele, foi o que Luiz pensou. E ambos pareciam ter encolhido.

Tentou entender qual era a doença dela, o médico ainda não tinha chegado a nenhuma conclusão. Podia ser uma porção de coisas, ele dizia, e às vezes parecia mais funesto do que tranquilo, e assim os ânimos da família oscilavam. Os vizinhos pediam notícias, todo mundo adorava aquela mulher.

Luiz percebeu que passaria mais tempo na cidade do que tinha imaginado. Talvez fosse um bálsamo, apesar das circunstâncias, uma cura para suas feridas de rapaz invisível, em quem alguma coisa estava errada para sempre. O pai reparou que um de seus olhos andava piscando involuntariamente, e Luiz entendeu que tinha a ver com o trauma. Ele era muito mais sensível do que pensava, colocado em algum centro trêmulo do mundo. E assim transcorreu aquela primeira semana.

Numa tarde em que estava indo para o hospital, houve um acontecimento na Praça do Chafariz, o lugar pelo qual ele mais gostava de passar, pois ficava ao fim de uma ladeira muito íngreme e era onde os burros dos antigos tropeiros bebiam água antes de seguir viagem.

Era onde eles tinham um pouco de paz antes da jornada ainda mais dura pelas montanhas afora. A carga era retirada das suas costas por algum tempo, na hora do almoço dos tropeiros.

Próximo desse lugar, onde os tropeiros e os burros davam um tempo e se refrescavam, um cavalo se soltou da carroça que puxava e, enlouquecido, desembestou pelas pedras do calçamento, escorregou e acabou subindo no capô de um automóvel que acabara de estacionar.

Depois, se precipitou pela calçada, fez alguns pedestres pularem para um canteiro ao lado e teve uma queda estrondosa no meio da rua, ainda com as correias da carroça presas ao corpo e os antolhos encobrindo os olhos apavorados.

A boca aberta de dentes imensos num esgar, o cavalo tentava se erguer, mas a perna direita estava quebrada.

Duas semanas depois, nas primeiras horas da manhã, Luiz deu um beijo na testa de dona Lucília convalescente, abraçou e beijou seu João na cabeceira da mulher, deu uma última espiada no Morro da Graça com o topo coberto pela nuvem tímida, desceu até a Praça do Chafariz, pegou o ônibus para São Paulo, voltou para a Casa da Árvore e nem chegou a entrar: tirou os sapatos ainda no quintal e foi pensar sentado nas raízes do tronco, do jeito que costumava fazer antes da invasão.

Na semana seguinte, ele procurou um libelu da filosofia e se ofereceu para entrar na Ó. Não demorou muito para nosso Buda se transformar no camarada Eduardo. Mas foi só depois do fim da república.

UMA VAQUINHA

Com cara de sono, Ivan abriu a porta, e ao entrar no apartamento, Anna Lupo sentiu a atmosfera pesada que não via a luz do sol havia muito tempo. Quis esperar na sala, enquanto ele, de cueca e descalço, ia até o quarto para pegar o cheque que ela usaria para inteirar o dinheiro do aborto.

Ao saber da gravidez, Ivan se pôs pensativo, e o silêncio que se seguiu foi muito eloquente. Não que ela esperasse alguma coisa dele. Ivan era um cara que estava acima na hierarquia de tudo. Não esperava nada dele, e o que ele disse em seguida foi que não tinha muito dinheiro naquele momento, mas que iria conseguir alguma quantia, não toda ela, e por fim perguntou se Anna já tinha visto alguma clínica.

Sim, graças a Nice, tinha visto uma em Pinheiros, "Não muito longe daqui". Ele disse que só poderia dar metade do valor. Ela disse que se viraria com o resto.

E agora, na sala escura, a frieza do sujeito derretia, e Ivan a abraçava com grande afeto. Depois de um momento, já estava conduzindo Anna para o quarto.

Quando ela disse que não estava a fim, ele insistiu de tal forma que ela acabou cedendo. Foram para a cama pela última vez.

Não foi nada bom, ela se sentiu invadida, violada mesmo, e, tomada por um inesperado asco, vestiu a roupa com pressa e foi embora para nunca mais, com o cheque do aborto no bolso.

Em seguida, sacou o dinheiro no banco, que não ficava longe, e foi para casa tentando pensar num jeito de arrumar o que faltava. Ivan apagou na cama, de onde mal tinha saído. Ao acordar, viu que estava atrasado. Saiu sem tomar banho.

Já não havia mais ninguém em casa quando Stela Vermelha apareceu. Ela ficou sentada no tapetinho de boas-vindas, à espera de Ivan.

Na Casa da Árvore, Nice iniciara por conta própria uma vaquinha para pagar o aborto. Cada um deu o que pôde, e Aldo foi o que mais contribuiu, tirando o dinheiro debaixo do seu colchão. Ele nem quis saber os detalhes, nem Nice contaria. Só disse que era para Anna, e ponto.

Max arrumou uma grana com um amigo da esquina da pesquisa de trânsito, e Nice pediu aos pais pequeninos. Mesmo Leo contribuiu, e Hilton deu o que tinha no bolso assim que ouviu que era para Anna. E se pôs, distraído, a dedilhar a valsa que tinha feito para ela sem ninguém saber.

No final das contas, Anna conseguiu o dinheiro, não contou nada à mãe, inventou uma desculpa qualquer para se ausentar naquele dia e foi com Nice até a clínica, numa travessa da Artur Azevedo, em Pinheiros.

AS FERIDAS
DA INVASÃO

TINHA UMA padaria na esquina. Elas passaram ali depois que tudo terminou.

A clínica ficava numa casa abaixo do nível da rua. Anna deixou o dinheiro na entrada, sentou-se na companhia de outras mulheres e esperou sua vez, com Nice ao seu lado. Ficaram de mãos dadas, porque Anna tinha medo.

Não havia homens ali, só o médico, que a atendeu com frieza depois que uma enfermeira explicou mais ou menos como seria a anestesia local e a sucção. Anna estava vestida apenas com um camisolão, antes tinha dito com quanto tempo de gravidez achava que estava, e foi tudo.

Anna achava que tinha visto alguma coisa num líquido entre sanguinolento e transparente sendo levado num pote pela enfermeira, mas ainda estava grogue, não tinha certeza de nada.

Achava que tanto o médico quanto a enfermeira quiseram dar uma lição a ela. Foi o que ela disse na saída, meio zonza, no rumo da padaria da esquina.

Ela, alta, amparada na amiga tão baixa, andando devagar pela calçada, na velocidade das velhinhas, não parava de agradecer a Nice. Tomaram o café na esquina, Anna mordiscou o pão de queijo que havia pedido e cujo gosto não sentira, apesar de Nice ter dito que estava muito bom. E ao sair da padaria, Anna Lupo vomitou na esquina.

Chamaram um táxi e foram para a Casa da Árvore, onde Anna poderia descansar. Demorou um tempão até chegar, e Anna estava dormindo no ombro de Nice. Pegaram a ruazinha que ia dar na grande árvore no fim da rua, e foi um sinal para Anna, com um olho aberto, de que seria bem-vinda.

Já era quase noite, e a vida de Anna Lupo nunca mais seria a mesma, conforme ela disse ao se deitar ali mesmo na sala, no tapete felpudo, entre as almofadas e o quase nada daquele espaço, que, no entanto, era também o coração da casa. Ela dormiu, e Nice resolveu deixá-la ali mesmo, coberta por uma manta, e Luiz a mesma coisa ao passar pela sala, na ponta dos pés.

166 ABAIXO A VIDA DURA

Foi Aldo que, ao chegar mais tarde da rua, e ao ver Anna dormindo, foi até ela, ficou sentado um tempo ao seu lado e, assim que ela abriu os olhos, perguntou se ela não queria comer alguma coisa. Ela nem conseguia responder, então ele foi à cozinha e trouxe um par de ovos estrelados com uma fatia de pão. Tudo na surdina, sem barulho de louça ou panelas.

Ela se recostou na almofada e comeu tudo sem dizer uma palavra. Aldo ficou acompanhando a refeição, e depois que ela terminou, ele insistiu para que fosse dormir em seu quarto, e não teve jeito de Anna dizer não. Ele a levou até lá, cobriu-a e voltou para a sala enrolado na manta, na qual pensou ter sentido o perfume que ela não usava, e aspirou mais uma vez.

Aldo dormiu ali até sair para trabalhar de manhã. Antes, Max, que tinha ido ao banheiro no meio da noite, viu onde Aldo estava dormindo e contou a Nice. Ela abriu só um olho e sorriu, virou para o lado e retomou o sonho do qual tinha escapado por um instante.

Aqui, as feridas da invasão começam a ser curadas. Curadas não, tratadas.

ERA PERTO DO
FIM DO ANO

MAX ENFEITOU a grande árvore e fez dela uma árvore de Natal. Usou tiras de papel de seda colorido, papelão recortado em formato de estrela, serpentina e mesmo algumas velas, que foi acendendo de galho em galho, apesar de Aldo ter advertido que ele iria tocar fogo na árvore, o que não aconteceu por milagre.

Na hora do crepúsculo, a árvore já cintilava no fim da rua, virou uma atração local. As crianças se reuniram embaixo dela, e os moradores foram cercados por elas, embora já não fosse mais Natal quando isso aconteceu, o que, para eles, não tinha a menor importância.

Era perto do fim do ano, e logo depois que Aldo, Max, Nice e Luiz voltaram das torres de alta tensão, onde tinham ouvido os últimos zumbidos do ano, começaram a aparecer os visitantes. Passou de boca em boca, e quem conseguiu se abalar para tão longe pegou uma festa surpresa que seguiu noite adentro. Até eu estive lá. E o matador também.

Ele puxou conversa com Max e Nice, eles deram corda, ele parecia um bom rapaz, e a certa altura da festa, depois de umas tantas cervejas, puxou Max para o lado e disse em seu ouvido que ele deveria cuidar melhor de Nice, porque um dia ele a tinha visto sozinha no meio da neblina e isso não se fazia com uma menina.

Disse isso do alto dos seus 20 anos. Uma sombra baixou no olhar de Max, mas aí o matador, com o braço em torno do seu pescoço, deu uma sonora gargalhada.

Hilton estava cuidando da trilha sonora na vitrolinha de Nice, posta do lado de fora. Só tinha uma meia dúzia de discos, e tudo bem, eles se repetiam.

Sentados juntos em um canto, Aldo e Luiz observavam tudo um pouco mais envelhecidos do que os outros. Era o que parecia. "Sabe, Luiz", disse o outro. "Daqui a pouco nossa casa se tornará um aparelho." Luiz, acariciando os pés descalços, olhou para ele de volta e fez que sim.

"É. Acho que está na hora", disse. "Stálin e Trótski viviam brigando." E Aldo disse: "Pois é. Não que-

remos isso de jeito nenhum." E Luiz disse: "Certo."
Em seguida, olho no olho, brindaram pelo ano que
estava para nascer.

"O *anjo* que vai nascer", como confundia Nice
na infância. O estudante de cinema que aparece de
bicão naquela fotografia, que agora tinha deixado o
cabelo crescer e calçava sandálias hippies no lugar de
mocassins, notara em Nice uma grande semelhança
com Cabiria, ou com Gelsomina.

Ele disse isso a ela, e ela respondeu admirada que
tinha chorado um rio no final de *Noites de Cabiria*,
assistido com Max e Luiz em uma suave noite de domingo no Cineclube do Bexiga. Ficou só olhando de
volta para ele, uma Giulietta Masina de olhar gaiato,
uma Colombina lunar cheia de fé.

Os Amigos do Teatro, loucos de ácido para a despedida de Julián, que tinha virado um chato de ga-
locha, abraçaram a grande árvore, embora ninguém
tenha se dado conta disso.

Anna Lupo ficou quieta em um canto por um bom
tempo, mas quando a noite já estava alta, ela, cansada
de ouvir as conversas dos outros, sentou-se perto da
árvore com os moradores da casa. Eles cuidaram dela.

Moisés ficou fazendo graça para as crianças, ele sempre se dava bem com elas. E Celeste, saindo majestosa do interior do automóvel estacionado na frente da casa, ficou de conversa com um grupo de estudantes admirados com a sua cátedra.

Tuco não esteve lá, tampouco Stela Vermelha, muito menos Ivan. Mas outros libelus apareceram, eles que davam as melhores festas. Até acharam um jeito de gritar o seu canto de guerra tirado de *O Incrível Exército de Brancaleone*: "Branca, Branca, Branca! Leon, Leon, Leon!"

Àquela altura, Aldo já tinha partido na companhia de Leo. Luiz chamou a atenção de Max, de Nice e de Anna ao vê-los sair à francesa no Aero Willys presidencial. Acharam engraçado aquilo, mas só riram por um instante (Anna sentiu uma pontada de ciúme).

Eles voltaram a olhar para cima, para a sua árvore iluminada, em que as velas temerárias já iam se apagando, e depois baixaram os olhos na direção da casa e ali permaneceram por um instante.

O FIM DA REPÚBLICA

ALDO DESCOBRIRIA um dedo-duro na fábrica, e era Pauláo, o seu contato. Na verdade, descobriram por ele. Um camarada da sua célula recebeu a denúncia de outro camarada em outra fábrica. Pauláo era um dedo-duro com uma longa folha corrida. Era da polícia.

De forma que os camaradas decidiram que ele precisava dar um tempo da fábrica. Que arrumasse uma desculpa urgente, e Aldo, decepcionado, louco para encostar o dedo-duro na parede, inventou que a máe estava morrendo e que ele precisava ficar junto dela, porque era filho único.

Depois, pensou em seus irmãos, dos quais nunca tinha notícias. E no seu pai, que já estava morto havia muito tempo. E na mãe, a quem costumava visitar um domingo por mês, meio escondido, ela que morava do outro lado da cidade, num bairro ainda mais distante, de ruas de terra e canas-de-açúcar e milho crescendo do nada em terrenos baldios.

Pensou que era um lugar onde gostava de estar, mas não sempre, não todo dia. O pobre paraíso no qual havia crescido, e se lembrava das linhas de bonde que precisava alcançar para sair dali e chegar *à cidade,* a cidade que era o centro, onde começou a trabalhar de *office boy* quando ainda era menor de idade.

Paulão, quem diria. Ele se sentiu estúpido por ter confiado num dedo-duro, demorava para confiar nas pessoas, mas quando confiava não tinha volta, e agora precisava dar um tempo em alguma parte desconhecida, tudo por conta da sua confiança numa pessoa da qual gostava sem retorno, e por isso pensou que precisava ir embora.

Voltou tarde para casa naquela noite, meio bêbado, chamou Luiz de lado e disse que precisava ir embora, isso enquanto enfiava suas poucas coisas em uma malinha velha. Deixou o dinheiro para dois aluguéis, até quando terminava o contrato, disse que não tinha jeito, estava de partida para algum lugar de onde mandaria notícias, mas que era isso mesmo, era o fim da linha para ele.

E, já de partida, estendeu a mão para o outro, deu-lhe um forte abraço e disse: "Se cuida, manda um beijo para os outros." E passou no botequim pela última vez. De lá, saiu ainda mais bêbado para pegar o ônibus na rodoviária.

A ideia era sumir do mapa. Ele sempre ouvia falar de alguém que tinha viajado para o rio São Francisco. Era para lá que alguém, um estudante, por exemplo, sempre seguiria quando chegassem as férias, sozinho ou em bando, então era para lá que ele iria também, navegar numa barca do rio que o levasse para bem longe.

A notícia da sua partida foi desnorteante para a Casa da Árvore. Os três que ficaram sentiram que era mesmo o fim, a república ia fechar nas férias, e depois, o amanhã, ninguém sabia, era entregar as chaves e dar adeus a tudo.

Aconteceu não muito mais tarde, quando Max, depois de se deitar no capim sob as torres de alta tensão e ouvir o último zumbido, decidiu que era hora de procurar a sua praia. Não aquela que já visitava com sua barraca, mas uma outra que estivesse em outro lugar ainda mais selvagem. Talvez encontrasse com ele mesmo, afinal.

Contou isso a Nice, apertando as mãos dela com carinho. Ela apenas soube sorrir com benevolência:

"Acho que é isso aí, meu querido." E ele pediu para que ela fosse com ele, e ela disse que não era o barato dela, e que ela também precisava encontrar a sua praia.

Max concordou, não sem uma tristeza indisfarçável na sua cara queimada de sol, no seu nariz descascado. E ela também disse que ia sentir muita falta dele, e por fim resolveram ir para a cama pela última vez, embora ele tenha dito que era óbvio que apareceria de vez em quando para dar um alô "e sermos coelhos outra vez", uma promessa que nunca foi cumprida.

E foi assim que acabou: Max achou sua praia, e seu nome verdadeiro, agora me lembro, era improvável de tão nobre, estava mais para imperador do México. Era Maximilian.

E quanto a Leo, ela ficou péssima ao receber a notícia de que Aldo tinha ido embora. "O Aero Willys já sabia chegar aqui sozinho", ela disse a Luiz e Nice na última vez em que esteve na Casa da Árvore para se despedir de tudo.

CARO LUIZ,

Espero que esteja bem, e que tenha me desculpado por essa fuga em massa de uma pessoa só. Foi uma bagunça colossal, eu sei. Como você deve imaginar, as coisas ficaram um tanto complicadas, e eu não tive outra escolha a não ser dar um tempo.

Resolvi cair no mundo antes que seja tarde (tarde para gente como nós, que, no fim, está só começando). Eu simplesmente peguei o rio São Francisco, como todo mundo anda fazendo, e fui me perder por aí.

Vamos chamar o rio de Velho Chico, é assim que dizem por aqui, é um parente ou um amigo da família para os ribeirinhos, e agora é para mim também. Rapaz, você devia tentar cair nele um dia, é um senhor de uma liquidez acolhedora.

Se bem que vi um garoto afogando-se nele, perto demais das pás de um vapor. Bom, eu ajudei a tirá-

-lo da água, e confesso que fiquei surpreso com o rio, porque, em geral, ele parece estar o tempo todo numa boa. O garoto que salvamos se afeiçoou a mim e me apresentou a cidadezinha onde o vapor parou. "Gaiolas", eles chamam os vapores aqui, talvez porque as pessoas durmam em redes que balançam no ritmo das águas, do mesmo jeito de um passarinho engaiolado.

Na tal cidade, havia uma banda de música em ação, e nós ficamos ali ouvindo feito irmãos, o mais velho e o caçula, até que uma mocinha veio me tirar para dançar, e eu descobri que não sei dançar. Sou duro, uma múmia, mas ela não se incomodou. Não era bonita, e eu também me dei conta de que gosto, em geral, de meninas que não são bonitas. A não ser que sejam parecidas com sua amiga libelu (e se você contar isso a ela, eu contrato nosso matador pelo correio).

Aqui as noites são azuis, o balanço das águas é um sonífero que só os mosquitos conseguem atormentar. Mas aí tudo se acalma depois de uma certa hora, e ficamos apenas com a lua e sua palidez flutuando acima e embaixo d'água.

Já houve um "gaiola" que navegou no Mississipi e no Amazonas e agora transita por aqui. Estou dentro dele, e é daqui que escrevo a você. Os ribeirinhos daquela cidade do garoto salvo das águas me contaram que, entre Januária e Bom Jesus da Lapa, passa o Vapor Encantado, um "gaiola" fantasma no qual acontece uma festa permanente. Estou a caminho para ver do que se trata e informo assim que avistar o barato desse vapor.

Enquanto cochilava na minha rede, durante uma tarde modorrenta, penso ter avistado uma família de capivaras na margem e uma garça pousada com seu passo suspenso. Mas, no geral, é isso: uma cidade depois de outra cidade, depois de outra cidade, com vegetação ou aridez entre elas, roupas estendidas em pedras lisas, quarando, e até um cacto florido.

Nosso vapor carrega uma carranca horrorosa, que serve para espantar os maus espíritos. A pobreza é um deles, a fome.

Mande notícias de todo mundo. Assim que chegar na próxima cidade, ponho aqui mesmo o endereço de uma pensão para você me escrever de volta.

Um abraço do Bigode.

QUERIDO BIGODE,

FICO FELIZ por você nesse descobrimento do Brasil. Espero que pense em voltar, não vá se perder por aí. Aqui, nós estamos fechando a república e iremos cada um para um lado, infelizmente. Nice e Max não estão mais juntos, ele foi para a praia, ela deve ir morar com aquele estudante de cinema. O nome dele é Roberto. Eu vou para uma república infestada de libelus (ninguém é perfeito).

Nice e eu fomos jantar no Bocca uma noite dessas. Nossa amiga libelu estava lá, mas eu preciso te dizer que ela já não é mais libelu. Anna Lupo abandonou a IV Internacional, mas acredito, acredito mesmo, que o bigode de Stálin não é, não foi, nunca será o barato dela. Dito isso, não precisa raspar o seu, porque é o único de que ela gosta.

Pra ser sincero, Anna anda num astral meio tristonho, e ainda estamos cuidando dela. Parece que quer abandonar a ECA e fazer não sabe bem o quê, então continuamos de olho, mais Nice do que eu até, elas sempre foram muito amigas. Na falta de Max, Nice tem coberto Anna com seu afeto. Espero que Max dê notícias logo.

Fico imaginando como você se sente aí onde está, qual a sensação de deixar tudo para trás. Acho que todo mundo quer fazer isso um dia, não é? Estar na sua pele. Eu gostaria. Mais tarde, quem sabe?

Sabia que o movimento operário está de volta? Greves no ABC! Isso te anima, ou o trem da revolução que partiu agora mesmo vai embora sem você?

Pensando bem, acho que esse trem saiu com a gente um pouco antes, lá atrás. Nós, os estudantes, e mesmo você, estudante-operário, anfíbio, gritando "abaixo a ditadura". Dá pra dizer isso, não? Talvez, vá lá, tenha sido só um trenzinho elétrico, mas fizemos um baita barulho, ninguém pode dizer que não.

Só que agora seu apito é outro, o apito de um vapor. Tomara que você descanse, que se divirta e volte para cá um dia. Os amigos, mesmo dispersos, sentem sua falta. Eu diria o mesmo para aquele nosso garoto

180 ABAIXO A VIDA DURA

da praia. Volte logo. A vida é curta, Bigode. Ou longa, depende da perspectiva. E também é dura, mas não só, eu acho.

Um abraço do Luiz.

A MÚSICA COM A QUAL PODEMOS MORRER

Tive esse sonho em que a vitrola que eu *não* possuía começava a rodar do nada e a tocar — anunciado por aquele rouco ruído inaugural do disco — o *Adagio* de Ravel, que era a música favorita de Tuco, o que tinha "o movimento lento de um sonho", "a música com a qual podemos morrer" e que serviu de trilha sonora para o que viria a seguir.

Eu estava no apartamento desolado em que morava naquele tempo, três casamentos desfeitos depois, e alguém apertava a campainha e, antes que eu fizesse qualquer movimento, projetava-se através da porta, e era o Luiz, vestido de jornalista de Brasília (apesar de ter estudado filosofia), de terno e gravata, o botão do colarinho aberto, ainda daquele jeito que sempre o identificava quando tínhamos 20 anos, e ele passava por mim, tocava meu ombro sem que eu sentisse nada, já tirando os sapatos e sentando-se no sofá em sua pose de Buda, à espera de uma conversa que estava bastante atrasada.

E como ele já havia morrido durante o sono no ano anterior, fomos direto aos fatos que ele parecia ter perdido, por exemplo, o 11 de Setembro, a queda das Torres Gêmeas, as pessoas cobertas de pó branco dos detritos atravessando a pé a ponte do Brooklyn de volta para casa, e ele disse: "Viver é muito perigoso, mas viver ignorando a morte, a impermanência e a derrota, as perdas e o sofrimento é que é mais perigoso." E "precisamos encarar o infortúnio de forma direta", e eu respondi que era muito bom ouvir ensinamentos de um Buda marxista, e ele riu. "Mas é verdade, nascemos para morrer, conhecemos pessoas para as deixar e ganhamos coisas para perdê-las."

E ele, então, me perguntou se eu tinha notícias dos outros, Nice, Max, Aldo, o que teria acontecido com eles, o que aconteceu com Anna Lupo, e aí, naturalmente, a campainha tocou, e eu abri a porta para ela mesma, em pessoa, linda como sempre fora nos corredores da ECA, abraçando-me e beijando com aquela alegria de viver que era a sua divisa no começo (e quem sabe ainda não será no fim, apesar de tudo?), e nosso Buda, saudando sua entrada, abriu os braços desde o sofá, dizendo "Camarada Artemísia!", e era o que Anna tinha sido mesmo por aquele curto espaço de tempo num passado remoto, e ele, que sempre fora aquela enciclopédia ambulante, pôs-se a falar da Artemísia da qual Anna tinha tirado o nome, a Artemísia Gentileschi que era um gênio da pintura, que tinha sido estuprada por um amigo do pai dela que também era pintor, e que, no fim, acabou levando o estuprador para os tribunais, e que fora torturada para garantir que estava falando a verdade, que tinha sido mesmo estuprada por ele, e que, no fim de tudo, o agressor foi considerado culpado, e ela se vingou dele nos quadros que faria no futuro, um deles, "Judith Decapitando Holofernes", no qual a Judith bíblica degola, com a ajuda de uma criada, o general assírio invasor, o sangue esguichando com violência das veias cortadas, e Luiz sugeriu que talvez Anna tivesse se vingado de alguém em algum momento — do terrível Ivan, quem sabe? —, e ela refutou, dizendo que Ivan era só mais um homem errado na vida de uma mulher, foram tantos... "Tenho o dedo podre." E que Ivan já fora perdoado, inclusive depois de uma ocasião em Paris, cujos detalhes ela poderia contar se houvesse ainda algum tempo de sobra naquele sonho.

Mas a música já estava perto do fim, e era a trilha sonora do nosso sonho, e por isso eu contei a eles

184 ABAIXO A VIDA DURA

sobre Aldo, o querido Bigode, e disse que ele sempre teve um problema sério com a bebida e que veio a morrer de cirrose em algum momento perdido da década passada, sem que soubéssemos onde, em que cidade, em que lugar do mundo, e foi quando Anna derramou uma lágrima por ele, e houve uma suspensão no sonho, e Luiz, como se tivesse acordado, atravessou pela mesma porta por onde tinha entrado, antes que pudéssemos dizer adeus ao nosso Buda, ele que, pelo menos para mim, nunca mais apareceu.

MAXIMILIAN

Nós o ENCONTRAMOS por acaso em Paraty, ele saiu de um barco no meio de outras pessoas, e não o reconhecemos à primeira vista, mas ele chegou mais perto, e soubemos, pelos olhos um pouco mais escurecidos, mas ainda muito claros, que era o Max, e ele nos abraçou, os braços crestados de sol com uma velha tatuagem de âncora cômica no braço de Popeye.

Incrível que fosse ele, parecia um pouco o Flea, Pulga, o velho baixista saltitante dos Red Hot Chilli Peppers, era o Max, agora envelhecido, os dentes horríveis que ele, fazendo um toldo com a palma da mão para esconder o sorriso meio banguela, disse que estava tratando num dentista da cidade, pois era onde ele morava.

E nós achamos incrível que ele estivesse vivendo ali todo esse tempo e ninguém o tenha visto numa festa literária, num festival de fotografia, num casamento em uma das ilhas, num passeio de barco, em nenhuma dessas ocasiões em que estivemos de passagem por ali, mas em seguida entendemos que ele tinha vivido anos no meio do mato, onde gostava de estar desde que era pequeno, no colo da praia, se possível, e isso queria dizer que era em algum lugar muito, muito distante dali, até que um dia sua mulher passou muito mal e os dois vieram para a cidade, e, pisando naquelas pedras lisas ancestrais de tantas pegadas, de burros e homens, eles entenderam que até era possível viver ali por perto, uma coisa em que a mulher insistiu fortemente e ele acabou cedendo, e também acabou perdendo a mulher, sem grandes ressentimentos.

E foi quando ele resolveu voltar para a praia distante, e, no entanto, foi adiando a partida até quando conheceu outra mulher, e ela era meio peixe e meio mulher, era uma figura, uma pessoa que gostava de mergulhar e viera de São Paulo para se instalar ali, numa pousada que acabou comprando e que hoje é muito popular em Paraty, nas festas literárias, nos festivais de fotografia, nos casamentos nas ilhas, nos passeios de barco, e o único problema é que eles também se separaram e muitos bandidos começaram a aparecer na cidade assim que as festas acabavam, e apareceram também alguns corpos decapitados nas redondezas, esse tipo de atrocidade.

E embora Max se desse bem com todo mundo, muitos achavam até que ele era um pescador local ou o marujo de algum barco estrangeiro, ele, com seu cabelo branco queimado de sol e seu braço com a tatuagem de âncora, estava pensando que era hora de dar o fora, afinal, rumo à prainha distante que havia deixado um dia, mas antes precisava tratar dos dentes, e o dentista era um cara que ele conhecia desde os tempos da USP, e ele se lembrava muito bem de que ele era um raro, raríssimo libelu da odontologia, e para encerrar a conversa no café colonial de mesinha bamba colocada na calçada em que estávamos, muito próxima das pedras lisas ancestrais de tantas pegadas, ele deu um último sorriso atrás do toldo da palma da mão depois de perguntar se tínhamos alguma notícia daquela pessoa de quem a gente gostava tanto — ele, então, nem se fala —, e estava falando de Nice.

A PÁGINA
DE NICE

Alguns anos depois, ela foi vista em uma fila de cinema com Moisés. Eles estavam abraçados, bem mais velhos. Pareciam muito a fim um do outro, mas não demorou muito para que ele voltasse a morar na cidadezinha de forte colônia ucraniana no interior do Paraná, da qual tinha saído. Ali ele jogava bola com as crianças mais ou menos do mesmo jeito que fazia no futebol do entardecer da ECA, correndo com os braços colados ao corpo.

Pelo menos não usava mais o mesmo par de óculos de lentes esverdeadas, fundo de garrafa, mas não deixou de ser um libelu até mesmo quando a Libelu já não existia mais, e ele acabou saindo candidato a vereador por um partido de Curitiba, uma cidade pela qual não nutria a menor simpatia, diferente da cidade de alma ucraniana de onde havia saído, e que não gostava muito do fato de ele ser judeu. Moisés continuou na política, ainda continua, e é difícil batê-lo num debate da televisão, ele pode ser muito ácido e também capaz de gestos muito afetivos, como quando ajudava Anna Lupo e outros libelus mais angustiados.

Ainda militante da OSI, ao lado de Tuco e outros, fez a segurança da Conferência Nacional da Classe Trabalhadora, que em 1983 fundou a CUT, a Central Única dos Trabalhadores. Ele também se comoveu com a chegada dos ônibus lotados de camponeses ao Pavilhão Vera Cruz, em São Bernardo do Campo.

Tuco, o Mujique, vibrou com eles. "Vai acabar, vai acabar a ditadura militar!", os delegados gritaram dentro do pavilhão, e Moisés e Tuco, virados para eles, de costas para o palco, fazendo a segurança dos dirigentes numa formação em meia-lua com outros militantes da OSI, gritaram junto. Levou mais dois anos até que acontecesse — vinte e um anos depois, o fim, mas não o sepultamento da ditadura.

Há uma foto de Moisés no Facebook de Nice. É um sujeito bem mais velho que aparece ali, meio bonachão. Nice lhe deseja feliz aniversário, assim como deseja feliz aniversário ao marido, que ninguém conheceu, mas parece uma pessoa boa, um cidadão de barba com uma camiseta listrada, rindo com um copo na mão.

Também aparecem os filhos, um casal de gêmeos que deixou o ninho vazio, ela diz. As férias da família na praia, quando as crianças ainda eram pequenas, e a imagem de uma baleia jubarte que salta da água em algum horizonte que não é aquele onde eles estão.

Nice lendo um livro debaixo de um guarda-sol. O livro está de cabeça para baixo, e a piada é essa. E, de repente, ela está numa paisagem nevada, muito elegante, com seu casaco de inverno, sentada em um banco do Central Park.

As revistas em que trabalhou, os colegas de redação, agora é uma jornalista aposentada, ainda com uma pequena empresa de assessoria de imprensa. Os colegas jornalistas escrevem na linha do tempo, postam corações e desejam felicidades.

E lá está ele, numa imagem antiga de santinho: o anjo da guarda. "Eu não acredito em anjos, mas que eles existem, existem." Não há comentários.

Os pais pequeninos (ela agora se parece cada vez mais com a mãe). E ela falando sobre a saudade dos amigos de uma certa república, uma certa casa dominada por uma árvore.

A foto que se vê não é da casa, não há nenhuma imagem conhecida da Casa da Árvore. E não há nenhuma fotografia de Aldo. Ela diz sobre ele "Nosso querido Bigode", e Luiz, um menino numa foto tirada em Minas antes da vinda para São Paulo, ela continua chamando de "nosso Buda", e fala da falta que os dois fazem.

Há uma imagem ruim de Max na prainha distante para a qual eles fugiam, e é surpreendente como ela captura a alma fugidia do seu antigo namorado, quase desaparecido na espuma das ondas.

E ei-la tomando um café com uma velha amiga, Anna Lupo, ainda muito bonita. Uma sombra de árvore se projeta sobre a mesinha em que elas apoiam o cotovelo e erguem as xícaras, e se vê o chão de cascalho, algumas folhas secas caídas. Nice usa um lenço na cabeça, Anna está com um vestido florido. Seria na padaria fina de Anna Lupo?

"Éramos bem malucos", Nice escreveu debaixo de um velho recorte de jornal, mostrando Roberto, o cineasta, no alto de uma árvore nos Jardins, acorrentado aos galhos para que ela não fosse derrubada pela prefeitura. Mas ele sumiu da vida de Nice bem mais cedo.

192 ABAIXO A VIDA DURA

A lembrança de Max parece ter durado mais tempo, porque o que não falta na página são imagens de praias remotas e mais barcos e baleias e ilhas distantes.

NO APARTAMENTO DE YUKI EM PARIS

Por um tempo, Anna Lupo ficou na pior, saiu da OSI, chorou no ombro de Moisés, abandonou a ECA, encontrou com poucos amigos, Nice foi visitá--la em casa, então foi melhorando aos poucos, tomou a decisão de trabalhar no restaurante da família, ajudou a servir as mesas, lavou louça (o funcionário que trabalhava ali era chamado de Pia), substituiu a mãe na recepção, fez contas com o pai (todas aquelas notas), desenhou uma placa para pendurar na fachada, embora os fregueses nunca tenham precisado dela. Foi tocando a vida desse jeito e, de repente, quando acordou certa manhã, resolveu aprender a cozinhar. Estávamos no fim dos anos 1970.

Mas não era a cozinha do In Bocca al Lupo que ela queria. Anna pensou em aprender lá fora e, assim, dar um tempo, e a primeira ideia que surgiu foi o Cordon

Bleu, em Paris. No entanto, descobriu como custava caro essa viagem burguesa rumo ao coração da gastronomia e, então, começou a economizar cada tostão, e passou meses, um ano, dois, economizando dinheiro no Bocca, trabalhando feito louca onde era necessário, além de fazer bicos de professora particular de italiano ou português para italianos que vinham trabalhar no Brasil, até acabar trocando o português pelo francês da mulher de um alto funcionário da Dupont que viera morar em São Paulo.

Foi assim que comprou a passagem para Paris, não sem antes conseguir um lugar para ficar, graças a Moisés, que lhe deu o endereço de uma antiga militante da Libelu que estava morando em Paris e aprendia justamente a fazer pães e doces na cidade. Era a ex-camarada Yuki.

Yuki morava num pequeno apartamento no Vingtième, não muito longe do Père Lachaise, e foi lá que Anna ficou ao chegar em Paris.

Ela e Yuki se deram muito bem. Yuki testava as receitas em casa e falava em francês com Anna durante o dia. À noite, era português, e elas ficavam bebendo muito vinho enquanto faziam o jantar.

O lugar era pequeno, mas muitos visitantes apareciam, brasileiros, franceses, árabes e japoneses, e Anna ficou dormindo na sala até aparecer alguma coisa.

Ela conseguiu trabalhar numa padaria. Foi graças à Yuki, e era um trabalho pesado, de assistente de padeiro, começando muito tarde e atravessando a madrugada. Depois do expediente, ela dormia durante a manhã para depois sair e fazer suas coisas.

Paris estava iluminada como sempre foi. Ela andava devagar pelas alamedas, de óculos escuros, um zumbi feliz até chegar a noite com seu turno de vampiro, no calor, pressionada por um padeiro bruto que às vezes chegava perto demais e era repelido à maneira parisiense, bufando, os olhos virados para o céu.

Ela esqueceu o Cordon Bleu porque "já estava com as mãos na massa", conforme disse um amigo de Yuki gozador, que ficou a fim dela.

Era uma vida dura para todos que trabalhavam junto ao forno. Ela era chamada de Brasileira. A Brasileira. A Brasileira bonita comendo o pão que o diabo amassou, que pegava o metrô de volta para casa quase dormindo, adernando no banco de passageiros, já acomodada ao cheiro forte de corpo que domina o subterrâneo parisiense, pensando que estava

196 ABAIXO A VIDA DURA

aprendendo muito e alimentando o sonho de montar sua padaria no Brasil.

Yuki cuidava dela, cozinhava para as duas e quem mais aparecesse, e assim os meses foram passando, ela ajudava com o aluguel e já andava com a baguete debaixo do braço, zumbizando menos e visitando os museus e o mercado das pulgas aos sábados, o Père Lachaise aos domingos, com todas as suas celebridades mortas, Jim Morrison, Edith Piaf, Paul Éluard e o muro onde haviam sido fuzilados os comunardos. Eram muitos mortos para se ver.

Conheceu um francês da Normandia que tinha uma linda voz grave e a levou ao cinema. Eles deram uns beijos, mas não passou disso. Ela era uma padeira muito ocupada à noite, feito os vampiros, e muito cansada durante o dia, um zumbi. O amor carecia de um pouco mais de fermento e dedicação.

Moisés escreveu uma carta perguntando a quantas andava o movimento de massas. Anna respondeu que estavam crescendo em Paris, as massas e ela.

O VELHO CASANOVA

UMA ASSOMBRAÇÃO baixou no apartamento de Yuki certa noite em que alguns amigos haviam combinado de se encontrar ali antes de sair. Yuki abriu a porta, e lá estava ele, o cabelo cortado, uma capa de chuva e a voz grave que Anna, do quarto, confundiu com a voz do francês com quem já não estava mais saindo.

Foi para a sala de má vontade e deu de cara com Ivan, seu cabelo encolhido, sua pele ruim, muito mais velho do que já parecia. *Era só o que faltava*, pensou Anna. Depois disse, no ouvido de Yuki, quando foram para a cozinha: "Yuki, eu te mato." E mais nada.

Parece que a notícia da hospedagem de Anna tinha se espalhado, mas Yuki garantiu que não tinha nada a ver com isso.

Eles todos saíram na noite, menos Anna, que seguiu para o turno da padaria.

Na manhã seguinte, quando dormia no sofá da sala usando uma máscara preta, alguém bateu à porta, e era Ivan, que Anna atendeu erguendo apenas um olho da máscara e voltando para o sofá. Ele começou a falar alguma coisa, e ela ergueu de novo um olho da máscara e disse simplesmente, em seu corpo de zumbi: "Dá licença? Eu preciso dormir." E Ivan foi embora de fininho.

Mais tarde, ele reapareceu e a levou para um café. Ela foi por educação. Ele recuperou o Casanova que ainda morava dentro do corpo envelhecido e contou a sua história.

Disse que ainda não a tinha superado.

Disse que tinha sido estúpido, porque descobriu que ela era a mulher da vida dele. Disse que, quando ela desapareceu de vista, ele passou alguns dias de plantão em frente ao In Bocca al Lupo, à espera de que ela aparecesse, e houve mesmo um dia em que se escondeu da chuva debaixo da carroceria de um caminhão estacionado ali perto, e ela o surpreendeu dizendo que o tinha visto, mas não tinha ficado com pena.

"*Tarde piaste*", ela disse, e ele não entendeu. E ela continuou: "Então, agora é tarde, o passarinho voou."

"Mas eu te amo", ele sussurrou. Ela não deu a mínima. Ele já não era mais aquele homem do paletó acolhedor nas noites frias da USP, era só um camarada qualquer que por acaso tinha vindo a Paris para um encontro da IV Internacional.

No dia seguinte, de fato, ele foi visto na rua na companhia de meia dúzia de garotos na faixa dos 20 anos, os cabelos de jovens poetas simbolistas, parando na esquina para conversar sobre um tópico importante, sentando-se num café para continuar a conversa sem fim e seguindo para o encontro com um senhor de foulard, um antigo ferroviário chamado Pierre Lambert.

Ivan voltou ao apartamento de Yuki outras vezes e não ficou muito confortável na companhia de Anna Lupo, que o achava ainda mais feio com seu novo corte de cabelo. Ela não deu nenhuma bola para ele, até que ele e os outros trotskistas foram embora.

Mas antes da partida, Yuki preparou um jantar de despedida, e Anna ajudou a fazer o pão. Tudo acabou bem. Instado por Yuki, Ivan, tendo sido o último a sair, estendeu a mão para Anna, em vez de beijar o

200 ABAIXO A VIDA DURA

seu rosto duas vezes ou três. O gesto formal ficou parado no ar por um instante, mas eles acabaram se despedindo com o aperto de mão. Anna lembraria disso por muitos anos, do quanto ele, com o olhar final de um velho Casanova moribundo, demorara para soltar sua mão.

VIAGEM À ITÁLIA

LOGO DEPOIS da morte de Bici, o In Bocca al Lupo fechou. Era a razão de viver dela e de Valdemar, e quando ela ficou doente e a doença se prolongou por alguns anos com altos e baixos, o restaurante foi definhando junto. Valdemar vendeu o apartamento em que eles sempre moraram e se mudou para outro muito menor, onde não cabia a antiga mobília, que foi dividida com a filha.

Ambos perderam grande parte da alegria de viver, e o fervor dos autodidatas murchou em Valdemar. Parecia que ele nunca tinha aprendido italiano na vida e que não cozinhava.

Não queria mais ouvir falar da Itália, e as fotografias penduradas nas paredes do Bocca, com as pontes Vecchio, os Coliseus, os Vesúvios, foram quase todas doadas para o Lar e Escola São Francisco. Também as cadeiras e mesas e tudo mais. Anna conseguiu salvar algumas lembranças, e entre os papéis de Bici guardados em uma cômoda, encontrou uma carta ao marido.

A carta explicava a Valdemar que ela, Bici, havia nascido em São Paulo, e não nas cercanias de Florença, como todo mundo pensava. E também que o pai dela, que trabalhara que nem louco no ramo dos restaurantes de Roma, fizera tudo isso para se contrapor ao próprio pai, que era anarquista e não se importava com dinheiro. E que, no fim das contas, tivera que se mudar por conta de algumas dívidas, e assim vieram para a cidade mais italiana do mundo, onde aconteceu o feliz nascimento da sua filha caçula, Beatriz.

Quando Valdemar se apaixonou por ela, Bici ficou meio sem graça de revelar a verdade, ou seja, que era uma italiana do Brás. E Valdemar acabou ficando mais italiano do que todos eles juntos.

Anna quis saber mais sobre o avô anarquista (da mãe ela já sabia) e fez uma pesquisa. Ela começou a amar esse avô e contou ao pai toda a história, para a qual ele não deu muita atenção, agora em seu estado vegetativo em matéria de Itália. O grande avô era de Gênova e deve ter morrido na pobreza.

Pois chegou o dia em que Valdemar despertou do torpor em que se metera depois da morte de Bici e anunciou, num almoço de domingo na casa da filha, que era chegada a hora de conhecer a Itália. E que ele queria fazer isso sozinho. E, assim, ele foi para a Itália, primeiro para Roma, onde foi roubado pelos *zingari* na frente do Coliseu, e em seguida pegou um trem para Florença, mesmo sabendo que as memórias de Bici a respeito da cidade tinham sido, em sua maior parte, inventadas.

Ele também descobriu que ninguém entendia o seu italiano. Mas foi em frente, deu uma de cidadão circunspecto, significando apenas que estava sozinho, de ouvidos bem abertos para a língua falada nas ruas e que, para ele, voltou a ser música.

Em Florença, seguiu a recomendação da filha e visitou a Galleria degli Uffizi, onde estava o quadro de Artemísia Gentileschi, do qual Bici e depois ela mesma tanto falaram e que fora visto por Bici na única viagem que fizera à Itália na companhia do pai dela.

E foi num dos corredores da galeria que ele encontrou "Judith Decapitando Holofernes" e se impressionou com a violência do sangue que esguichava do pescoço do general, degolado pelas mulheres com a própria espada, entre luz e sombra.

204 ABAIXO A VIDA DURA

Valdemar voltou um mês depois, em paz com o mundo todo e todo mundo, Bici, Itália, e seu italiano nem melhor nem pior. Não tinha mais problema nenhum. "Depois de uma certa idade, você não se importa."

Ele fez só mais um almoço de domingo para a família em seu apartamento apertado. Foi quando preparou o derradeiro fusilli al Lupo.

A MÁQUINA DE MATAR FASCISTAS

TUCO ESTAVA escovando os dentes no banheiro do aeroporto antes de embarcar para Brasília quando um homem apareceu do nada com o celular na mão e começou a filmá-lo no espelho, dizendo coisas do tipo: "Olha só quem eu encontrei por aqui, aquele safado que a gente já sabe quem é, comuna safado", e "Não tem vergonha, não, seu safado, de estar aqui nesse banheiro de gente de bem?", ou "Não adianta lavar essa mão suja, seu comuna safado, que a água não lava isso aí, não".

Tuco continuou escovando os dentes de forma metódica. Já havia usado o fio dental com cuidado, arcada superior, arcada inferior, dente a dente, e agora caprichava na escovação. O sabor de menta contrastava com a boca suja do sujeito que continuava a filmá-lo pelo espelho e que estava gastando tudo o que conhecia em matéria de xingamentos misturados a ódio político, indo e vindo por trás dele em panorâmicas sem fim.

Ao lado de Tuco, sua velha pasta 007, a coisa mais velha que possuía, de estimação, permanecia aberta. O outro estava testando, ele pensou, a sua paciência revolucionária. Não podia perder a paciência revolucionária.

As coisas mudam, tudo estava mudado. No seu tempo de chefe da Comissão de Segurança da Ó., ele nunca teve de meter porrada em ninguém, ou pelo menos não se lembrava de ter feito isso. Não usava drogas, então se lembraria de qualquer incidente mais grave.

Lembrava-se da bandeira da IV Internacional desfraldada na Vila Euclides durante um Primeiro de Maio bem remoto, a despeito de todas as disposições em contrário dos stalinistas e companhia. E foi ele que engendrou o círculo de ferro de militantes que permitiu aos trotskistas abrirem sua bandeira sem que fossem molestados.

"Círculo de ferro" é um pouco forte — vários camaradas da Comissão de Segurança eram bem franzinos. Mas o importante era a inteligência, a audácia da ação, imaginada nos dias anteriores. E assim, a bandeira vermelha com o número quatro em amarelo, cortado pela foice e o martelo, abriu-se para a eternidade. E ele se lembrou da palavra de ordem gritada por eles naquele instante: "A classe operária é internacional!"

Portanto, a inteligência dizia que ele deveria permanecer impassível diante do cineasta de araque que fazia aquelas panorâmicas atrás dele, com o celular. Haja paciência revolucionária.

Secou as mãos, conferiu o trabalho nos dentes com um sorriso falso, guardou a escova, a caixinha do fio dental e a pasta de dentes dentro da necessaire e trancou a pasta 007 com dois estalos simultâneos. Ele gostava inclusive de travar a pasta com um código, e foi o que fez com toda calma, enquanto era filmado e xingado de "comuna". "Trotskista" teria sido mais adequado. "Ex-libelu" talvez fosse o termo exato. Que agora era vidraça, contra uma crescente horda fascista. Mas quem é que se lembraria?

Aquilo era mesmo um teste de paciência revolucionária. Tuco ficou na dele, tentando, no espelho, a sua melhor cara de paisagem. E o homem continuava. Ele notou que, igual a ele, o outro usava terno e gravata e parecia uma pessoa respeitável, apenas um cidadão de bem puto com "tudo isso que está aí".

No momento em que se encaminhava para a saída, parou e respirou fundo. Começou a girar sobre os pés num movimento lento, quase gracioso. E acabou dando com a pasta 007 na cara do outro.

O sujeito foi jogado inconsciente para dentro de uma das cabines. Uma tacada perfeita da qual Tuco muito se orgulharia.

Também viu que o celular não estava longe. Pisou firme no aparelho, jogou-o na privada e deu a descarga. Em seguida, saiu do banheiro e avisou a um funcionário que um homem tinha escorregado e caído feio lá dentro.

Munido da paciência revolucionária que o havia conduzido até aquele momento histórico, rindo eufórico com a ideia de escrever no corpo da pasta 007 "Esta máquina mata fascistas" e lembrando com nostalgia de quando gritava "abaixo a ditadura", foi caminhando e cantando — assobiando fica melhor — pelos corredores do aeroporto, que se abriram à sua passagem até a sala de embarque.

MAIS PARA ALEGRE DO QUE PARA TRISTE

HILTON VIU Anna passar pela calçada, a partir do barzinho onde estava tocando em um final de tarde de um ano qualquer. Ela, ainda com seu jeito veloz de andar, não o viu. Se visse, talvez o reconhecesse de primeira, seu *black power* não era mais tão imenso, estava branco por completo, mas o rosto ainda era igual. Aquele era só um dos lugares em que ele tocava, estava ainda vazio no começo da *happy hour*.

Ele só a viu de relance nessa passagem, mas tinha certeza de que era ela, uma certeza instantânea, e por isso deixou o violão de lado e disse ao balconista que voltava logo, que tinha avistado uma amiga. O sujeito deu de ombros, e ele saiu atrás dela pelo calçadão que imitava o desenho ondular das pedras portuguesas de Copacabana.

Era São Paulo, ele nunca tinha deixado a cidade. Foi desacelerando o passo sem saber por quê, talvez porque fosse um momento único, depois de tantos anos em que não via mais ninguém, a não ser um gato pingado aqui e ali, que aparecia para cumprimentá-lo num dos lugares em que tocava e cujo rosto não conseguia reconhecer.

Anna Lupo ele reconheceria em qualquer lugar. Talvez só não quisesse encontrar as marcas do tempo assim que ela virasse o rosto para ele. A última vez que a tinha visto, ele se lembra, fora no gramado da ECA, o sol estava se pondo e o futebol do entardecer estava começando. Ele a viu ali sentada, com seu corpo acomodado ao sol que se punha, abraçada aos próprios joelhos escondidos no vestido longo que usava, o cabelo muito preto encobrindo a brancura muito rara do seu rosto, e ela não estava nem alegre nem triste, e vendo como ela estava, ele ficou mais tranquilo, porque sempre ficava de olho, porque gostava dela mais do que todo mundo, e, assim, foi jogar futebol com a rapaziada descalça, os pares de chinelos como traves de gol, e foram jogando até anoitecer.

Quando terminou, Anna não estava mais lá, apenas os alunos da noite chegando, e se ele soubesse que seria a última vez que a veria, teria sentado ao lado dela para saber como estava.

Foi com uma certa euforia que naquele fim de tarde ele a seguiu até a entrada do metrô.

Anna desceu devagar pelas escadas rolantes da estação, foi descendo alheia ao movimento, imersa em outra dimensão, e ao virar para o lado, Hilton pôde ver o seu perfil, e ele continuava bonito, os cabelos só um pouco grisalhos, que ele já tinha visto, mas não registrado, preso aos pensamentos daquele tempo perdido, e tentando, inclusive, segurar esse momento no qual a vida escondia um pouco da sua dureza.

Acontece que Anna desceu até a plataforma na qual um trem já estava chegando, e Hilton, que nem pensou direito e tinha ido até bem perto dela, a ponto de embarcar também, acabou surpreendido pela porta, que se fechou na sua frente.

Foi em pé, diante da janela, que Anna viu Hilton estatelado do lado de fora. Um passageiro que, por uma questão de segundos, perdera o trem.

Ela o reconheceu de imediato, mas não se espantou. Esboçou um sorriso mais para alegre do que para triste e seguiu olhando para ele sem piscar aqueles olhos tão escuros, compreendendo, num instante, a bagunça de uma vida inteira, até sumir de vista.

MAIS PARA
TRISTE DO QUE PARA
ALEGRE

TAMBÉM ENCONTREI com a imagem dela no metrô. Foi por acaso, pareceu uma brincadeira do destino, mas aconteceu mesmo.

Eu estava em pé no vagão, em frente à porta, e alguém entrou e se postou ao meu lado, e no reflexo da porta, vi um vulto de mulher que só poderia ser — era, não tinha dúvida — Anna Lupo.

Eu a reconheceria em qualquer parte, mas sendo ainda mais tímido do que já era naquela época, fiquei na minha, paralisado pela coincidência do encontro, mais do que por qualquer outra coisa. Era como se tudo no universo fizesse sentido de repente.

O trem entrou no túnel, e eu a vi como da última vez, a mesma silhueta, só que em pé nas raízes da grande árvore, contra a luz do crepúsculo, um copo de plástico na mão, conversando com os moradores da casa na festa de fim de ano. Eu me lembrei dela naquele instante que ainda outro dia fez quarenta anos.

O rosto no reflexo não traía nenhuma idade. Ela devia estar a caminho da sua padaria fina em algum ponto da cidade, nem alegre nem triste, mais para triste do que para alegre (filhos, maridos, o dedo podre apontado para os homens da sua vida).

Talvez Anna Lupo também tenha me visto. Talvez tenha até se lembrado, mas eu não era nada importante, apenas uma testemunha ocular de uma velha história, de uma floração antiga, então por que se lembraria?

Eu devia ter dito alguma coisa antes que ela saísse do trem.

Eu devia ter deixado escapar o libelu que ainda morava dentro de mim, que em todos esses anos tinha se recusado a ir embora.

Eu devia ter soprado em seu ouvido: "Camarada Artemísia (e ela viraria o rosto na direção do meu, espantada pelo tempo reencontrado), abaixo a vida dura."

— *Nova York, de outubro de 2022 a abril de 2023.*

À memória do Mineiro
(1960–2016)

AGRADECIMENTOS

A Rodrigo Naves, de quem veio a fotografia.

A Diógenes Muniz e seu documentário *Libelu — Abaixo a Ditadura.*

E a Marilia Scalzo e José Geraldo Couto, pela leitura generosa.

SIGLAS E ABREVIATURAS QUE APARECEM NESTE LIVRO:

USP — Universidade de São Paulo

FAU — Faculdade de Arquitetura e Urbanismo da USP

ECA — Escola de Comunicações e Artes da USP

UNE — União Nacional dos Estudantes

CRUSP — Conjunto Residencial da Universidade de São Paulo

PC do B — Partido Comunista do Brasil

DOPS — Departamento de Ordem Política e Social

PUC — Pontifícia Universidade Católica

TUCA — Teatro da Universidade Católica

ABC — grupo de três cidades vizinhas: Santo André, São Bernardo do Campo, São Caetano do Sul

Ó. — Organização

Cheka, GPU, NKVD — polícias secretas da antiga União Soviética

RECEITA DO FUSILLI AL LUPO DE VALDEMAR SILVA

INGREDIENTES (PARA QUATRO PORÇÕES):

1 pacote de *fusilli* italiano
4 colheres de sopa de azeite italiano
4 dentes de alho laminados com precisão
½ pimenta calabresa picada
Sal
1 limão siciliano
4 folhas de manjericão
Parmesão italiano (*parmigiano reggiano*)
300 ml de água fervente

MODO DE PREPARO:

Em uma panela com água fervente, cozinhe o *fusilli* até ficar *al dente.*

Doure de leve o alho no azeite, em uma frigideira alta; desligue o fogo em seguida.

Adicione o *fusilli*, tempere com o sal e a pimenta, esprema o limão siciliano sobre a massa.

Sirva depois de acrescentar o parmesão ralado em lascas e as folhas de manjericão.

"Tudo que escrevi é uma carta de amor ou de despedida para a minha geração."

Roberto Bolaño. *Discurso de Caracas*

Este livro foi impresso nas oficinas gráficas da Editora Vozes Ltda.,
Rua Frei Luís, 100 – Petrópolis, RJ.